KB180376

바리는 로봇이다

바리는 로봇이다

다시 태어나는 이야기들

박서련·김현·조예은·오한기
김미월·배예람·김유담·강성은 지음

안온

차례

바리는 로봇이다

박서련

박서련
소설집 《당신 엄마가 당신보다 잘하는 게임》, 장편소설 《체공녀 강주룡》,
《더 셜리 클럽》, 《마법소녀 은퇴합니다》 등을 썼다.

§

　그러면 다녀오겠습니다.

　바리는 그렇게 말하고 떠났다. 이것은 바리가 그 약속을 어떻게 지켰는가에 대한 이야기다.

　옛날 옛날에 새날 새날에 바리라는 로봇이 있었다.

　세상에 말하고 생각할 줄 아는 존재 가운데 어느 날 뿅 하고 나타나는 것은 하나도 없고 바리 역시 그랬지만, 하여간 바리는 로봇이어서 여러분과는 다른 방법으로 세상에 생겨났기에, 그 다른 방법이란 것에 대해 조금 설명을 해야겠다. 요즈음에는 사람과 사람이 만나서 아기를 만들어 부모가 둘인 경우가 일반적인데 바리를 만든 부모님은 무려 쉰아홉 분이나 된다. 로봇을 만드는 박사님 중에서도 가장 뛰어난 59명이 한 팀을 이루어 바리를 만든 것이다.

말할 나위도 없이 바리는 정말 잘 만든 로봇이었다. 감쪽같게도 사람 같아서 로봇이라고 귀띔해주지 않으면 로봇인 것도 모를 정도였다. 사람 중에서도 바리는 여자애 모양을 하고 있었다. 열다섯이나 열여섯 살쯤 먹은 여자애. 59명의 박사님은 바리를 만들기 전에도 로봇을 여러 번 만들어보았기에 바리 하나를 만드는 데 15년이나 걸리지는 않았지만, 어쨌든 겉보기에 바리는 열다섯 살쯤 되어 보였다. 아기였던 적 없고 앞으로도 할머니가 되지 못하는, 영원한 열다섯 살.

박사님들은 왜 열다섯 살짜리 여자아이 모양의 로봇을 만들었을까? 누군가 그런 로봇을 사고 싶다고 했기 때문이다. 그런 로봇을 사고 싶어 하는 사람들은 어떤 사람일까? 친구나 가족이 필요했던 사람, 예를 들어 지금 막 열다섯이 된 친구를 만나고 싶은 인간 여자아이, 잃어버린 딸을 그리워하는 엄마 아빠 같은 사람들도 있었지만, 함부로 대하고 마구 부려먹을 누군가를 소유하고 싶은데 그게 10대 여자아이 모양을 하고 있으면 더욱 좋겠다고 생각한 나쁜 사람들도 있었다. 옛날 옛날 새날 새날의 이야기지만, 사람은 사고팔 수 없어도 사람을 쏙 빼닮은 로봇은 사고팔 수 있었기 때문이다.

이상하게도 바리 같은 로봇을 갖고 싶어 하는 사람 중에는 착한 사람보다 나쁜 사람이 훨씬 더 많았다. 로봇을 가족이나 친구로 여길 수 있는 다정한 사람들은 조금 지나면 곧 로봇이 나이를 먹지 않는 점을 부담스러워하게 되었지만 나쁜 사람들은 오히려 로봇들이 나이를 먹지 않아서 좋아했기 때문이다. 따라서, 따라서라고 하기에는 역시 조금 이상한 얘기지만, 59명의 박사님이 만든 뛰어난 로봇들은 매우 인기가 좋았다.

일명 '프린세스 시리즈'라는 이름으로 첫 번째 모

델이 출시되었을 때 사람들은 열광했다. 20대 중반 정도의 외모에 흰 피부와 금발이 특징이었던 시리즈 001-SOL은 눈이 튀어나오게 비싼 가격에도 불구하고 날개 돋친 듯이 팔려나갔고, 그에 힘입어 박사님들은 새 모델들을 계속해서 구상했다. 시크하고 이지적인 흑발 커리어우먼, 화려하면서도 아기자기하게 생긴 아이돌, 그을린 다갈색 피부를 지녀 건강미가 돋보이는 서핑 걸 등. 시리즈 넘버가 올라갈수록 모델의 외모 나이는 점점 어려졌고 박사님들의 기술은 찬양과 지탄을 동시에 받게 되었다.

공식 발표에 의하면 프린세스 시리즈에 속한 로봇의 모델은 총 여섯 가지였다. 말하자면 바리는, 프린세스 시리즈로 개발되었지만 세상에 발표되기 전에 폐기된 프로젝트의 프로토타입이었다.

바리가 제작되기 전 이미 59명의 박사님 팀은 해체 위기를 맞이하고 있었다. 이유는 여러 가지였다. 진짜 여자아이 같은 로봇에 대한 사람들의 흥미가 식어가고 있었고, 박사님들이 발표하는 모델들이 점차 식상해진다는 평가가 많았으며, 그 때문에 투자를 많이 받지 못한 데다, 박사님들이 만들고 싶은 로봇이 제각기 달랐기 때문에.

그나마 박사님들이 바리 하나라도 만들어낼 수 있었던 것은 어떤 할머니 덕분이었다. 이 할머니는 할머니라고 하면 여러분이 간단히 떠올릴 만한, 할머니다운 할머니와는 거리가 멀었다. 이 할머니는 젊었을 때 대단한 배우였고 나이 들어서도 계속 연기를 했기 때문에 돈이 무진장 많았으며 항상 나이보다 훨씬 젊어 보였다.

"처음 데뷔했을 때의 나를 만들어주세요."

할머니의 이 말씀이 영감이 되어 프린세스 시리즈 일곱 번째 모델의 콘셉트는 '100퍼센트 커스터마이징'으로 결정되었다. 지금까지 발표한 모델들은 외모와 성격이 모두 정해져 있었지만, 일곱 번째 프린세스는 주문한 사람의 요구를 전부 완벽하게 받아들여 만들기로 했다. 그것은 박사님들 중에서도 뛰어난 사람만 모아놓은 59명의 박사님에게도 가장 어려운 도전이었다. 그들은 가장 우수한 원자재와 가장 빼어난 기술력을 모두 동원해 바리를 만들어냈다.

그렇게 해서 바리가 세상에 나타났다.

바리를 주문한 장본인, 한때 세계에서 가장 아름다운 여자라 불린 적도 있었던 그 할머니는 어떻게 반응했을까?

"이건 실패예요."

할머니는 단호하게 말했다. 박사님들은 깜짝 놀랐다. 자기들이 생각해도 너무나 빼어난 로봇이었고 동시에 할머니의 데뷔 작품에 남은 열다섯 살 시절 모습을 완벽하게 복사해낸 모습이었기에, 오히려 칭찬을 기대했다. 59명 중 단 한 명도 의심 없이 할머니가 기뻐할 거라고만 믿은 것이다.

"내가 열다섯 살 때는 이것보다 훨씬 예뻤다고요. 여기 제대로 된 눈을 가진 사람은 없는 건가요?"

할머니는 약속한 돈은 줄 수 없다며 화를 냈다. 도리어 자기가 모욕을 당한 셈인데도 고소를 하지 않는 것만으로 감사히 여기라고까지 했다. 로봇을 만드는 기술은 그 누구보다도 뛰어나지만 이런 일에는 영 서투른 박사님들은 우물쭈물했다.

"하지만 아직 공식 모델명도 짓지 못한 신품이고 100퍼센트 커스터마이징인데요, 여사님께서 이 아이를 거부하시면 저희는 어쩌란 말씀이신지……."

"버리라고 하세요. 꼴도 보기 싫으니까."

박사님들 중에서 바리의 신상 명세표를 들고 있던 사람이 할머니의 말을 조금 잘못 들어서, 비어 있던 이름 칸에 '바리VARI'라고 적었다. 이렇게 얼렁뚱땅 이름이라도 건진 건 다행이었지만, 그 일은 그것으로 끝이었다.

59명 박사님이 만든 로봇 회사는 문을 닫았다. 로봇 하나를 못 팔아서 회사 문을 닫다니? 여러분은 그렇게 생각할지도 모르지만, 박사님들은 할머니가 주겠다는 어마어마한 돈을 믿고 은행에서 돈을 빌려 바리를 만들었는데, 할머니가 로봇을 사지 않는다고 하니 빚만 남고 돈은 벌지 못한 것이었다. 만약에 59명의 박사님이 마음을 모아서 다시 심기일전했더라면 회사는 그대로 남았을지도 모른다. 그런데 사실 박사님들은 그 참에 자기가 진짜 만들고 싶은 로봇을 만들고자 했다. 그건 무슨 뜻일까? 59명 박사님은 바리를 만든 회사 말고도 갈 곳이 많았다는 말이다. 바리 빼고는 모두 갈 곳이 있었다.

"너는 어떻게 하고 싶니?"

여러분에게는 이 질문이 어떻게 들릴지 모르겠지만 로봇에게는 이런 질문이 가장 어렵다. 로봇이 원하는 바, 그 자체를 묻는 것 말이다. 바리는 그때까지 만들어진 세상의 모든 로봇 중에서 가장 잘 만들어졌지만 그래도 어려웠다. 왜냐면 로봇은 자기가 원하는 것보다 인간이 원하는 것을 먼저 생각하도록 되어 있기 때문이다.

모르겠어요.

바리는 어떤 어려운 문제에도 76억 분의 1초 안에 정답을 구할 수 있었다. 그런데도 그 질문에는 그렇게 대답했다.

박사님들은 고심 끝에 몇 가지 대책을 짜냈다.

첫째, 바리를 59명 박사들 중 한 명이 데려가는 건 어떨까? 그건 어렵다. 값비싼 물건, 예를 들어 자동차나 아파트 같은 것을 소유하려면 그에 대한 세금을 내야 하기 때문이다. 바리는 너무도 잘 만든 로봇이어서 값을 매기자면 자동차나 아파트랑은 비교도 할 수 없었는데, 박사님들이 그동안 돈을 아무리 많이 벌었다 해도 바리를 혼자 감당할 수 있을 만큼은 아니었다. 그도 그렇거니와 모두 함께 공들여 만든 바리를 한 사람이 따로 소유하는 것은 불공평하다는 의견도 있었다.

둘째, 그럼 차라리 바리를 해체하는 게 어떨까? 이 의견을 낸 박사님은 다른 박사님들로부터 엄청난 비난을 들었다. 몇 번이나 말했지만, 바리는 박사님들 중에서도 가장 대단한 59명의 박사님들이 머리를 모아 만든 가장 뛰어난 로봇이었다. 그런 바리를 도로 해체한다는 건 있을 수 없는 일이었다. 바리가 가엾지도 않나요? 어떤 박사님은 그렇게 말하기도 했다.

결국 박사님들은 바리를 박물관에 보내기로 의견을 모았다. 나라에서 세운 박물관에 물건을 기증하면 그에 대한 세금을 낼 필요가 없고 누구 한 사람이 바리를 독점하는 불공평도 피할 수 있었으며 바리를 없애지 않아도 되었기 때문이다. 박사님들 중 누구도 그것이 제일 좋은 아이디어라고는 생각하지 않았지만, 그보다 나은 방법은 찾지 못했기 때문에 최신 중에서도 최신 모델인 바리는 박물관에 가게 되었다.

"준비는 됐니?"

박물관에 가려면 도시 중심에 있는 회사를 벗어나 교외로 나가야 했다. 회사 소유의 자동차 뒷좌석에 앉아 안전벨트를 얌전히 맨 채로 바리는 고개를 끄덕였다. 회사 연구소 밖으로 나가는 것은 처음 있는 일이었다.

"너는 매우 우수한 사고 처리 능력을 지녔으니 이해할 거야. 우리가 너를 버리는 게 아니라는 걸 말이다."

앞 좌석에 타고 있던 박사님은 그렇게 말했지만, 바리는 정말이지 매우 우수한 사고 처리 능력을 가지고 있었기에 박사님들이 자기를 버리는 것으로 이해했다. 또한 그게 처음이 아니라는 사실을 바리는 떠올렸다. 유명한 배우였던 할머니, 자기를 주문한 바로 그 할머니를 만났을 때 바리는 할머니가 한 말을 모두 듣고 생각했다.

내 어딘가가 고장 났나 봐.

뭔가 빠진 채로 만들어진 거야.

그러니까 버림받아도 어쩔 수 없어.

그렇게 생각했을 때 바리는 몹시 슬펐다. 슬퍼하기는 로봇에게 허락된 기능이 아니었기 때문에 바리는 자기가 정말로 고장 난 게 틀림없다고 더욱 굳게 믿었다.

그때에 비하면 회사 연구소를 떠나는 건 별일도 아니었다. 처음이 아니니까. 오히려 바깥세상을 구경하는 거야말로 처음이어서 설레기도 했다. 설레는 마음도 로봇에게는 없어야 하는 것이었지만.

가엾은 바리.

갑작스러운 굉음이 들린 것은 자동차가 커다란 다리 위를 건널 때였다. 뭔가가 떨어져 다리 일부를 부순 것이었다. 하필 바리가 탄 차의 바로 앞으로. 돌덩이가 날아와 차창에 박혔고 운전하던 사람은 무너진 곳을 피하거나 차를 멈출 수 있을 만큼 재빠르지 못했기에 차는 영락없이 무너진 다리 아래로 떨어졌다.

차는 점차 물 아래로 가라앉았다. 차가 다리 아래로 떨어질 때와 물과 부딪칠 때의 충격으로, 바리를 빼고는 모두가 정신을 잃은 상태였다. 자동차 문은 수압 때문에 잘 열리지 않았다. 바리는 창문을 열어 차에서 빠져나갔고, 차 안에 물이 충분히 차오른 다음에 바깥에서 문을 열어 정신을 잃은 사람들을 끌어냈다.

겉보기는 열다섯 살 여자아이 모양이지만 매우 성능이 좋은 로봇이다 보니, 바리는 세 사람을 끌며

헤엄을 칠 수 있을 만큼 힘이 셌다. 그런데 물가에 다다라 보니 모두 생체 반응이 없었다. 한 사람은 바리를 만든 박사님들 중 하나였고 나머지 두 사람은 바리를 무사히 박물관으로 데려가기 위해 파견된 경호원이었다.

로봇에게는 자기의 기능이 정지되는 한이 있더라도 먼저 사람을 살릴 의무가 있었다. 바리는 단 한 사람도 살리지 못했다는 것에 죄책감을 느꼈다. 하지만 누구를 살렸어야 했지? 박사님을? 경호원 중 한 명을? 두 사람 중 어느 쪽을? 아무리 뛰어난 로봇이라 해도 금방 답할 수 없는 문제였다.

바리에게는 사람을 살려야 한다는 사실만 입력되어 있고 사람이 죽은 다음에는 어떻게 해야 하는지에 대한 지식이 없었다. 바리는 어떻게 해야 할까 고민하다가 혼자서라도 박물관에 가기로 마음먹었다. 그것은 바리에게 주어진 일종의 명령이어서, 그것 하나만은 꼭 지켜야 했기 때문이다. 다행히 바리는 햇빛만 받으면 충전이 되었다. 사람과 다르게 먹지도 마시지도 않고 아주 오래 걸을 수 있다는 뜻이다. 박물관으로 가는 길도 바리의 뇌에는 이미 입력되어 있었다.

바리는 하염없이 걸었다. 곳곳에 커다란 건물이 불타고 있었고 사람들이 비명을 지르며 뛰어다녔다. 그게 첫 바깥나들이였기 때문에 바리는 원래 세상이 그렇다고만 생각하고 걸었다.

바리가 처음으로 뭔가 잘못되었는지도 모른다고 생각한 것은 박물관이 있었어야 할 자리에 반쯤 무너진 건물과 다리가 무너졌을 때 파편으로 튀던 돌멩이 같은 것만 굴러다니는 것을 보았을 때였다.

바리는 박물관이란 원래 이렇게 생겼나 보다 하고 안으로 들어갔다. 부서진 유리창 안에 아주 오래된 유물들과 마네킹들, 그리고 바리가 만들어지기 한참 전에 등장했던 로봇들이 있었다. 모두 고장 나 있었다.

세상이 고장 난 건가 봐.

바리는 그렇게 생각했다. 살아 있는 사람도 움직

이는 기계도 없는 박물관 안을 한참 헤매다 나와서.

바리는 다시 도시 중심을 향해 걸었다. 소리를 지르며 달아나던 사람들도 이제는 보이지 않았고 불타던 건물은 무너져 있었다. 하늘 위로 이따금 비행기들이 지나갔는데 바리의 성능 좋은 눈에는 비행기 날개에 새겨진 국기가 보였다. 바리가 만들어진 나라와는 다른 나라의 국기. 그것이 전쟁이라는 사실을 바리는 서서히 이해했다.

근방에서 생체 반응이 감지되자 바리는 그리로 갔다. 인간보다는 훨씬 작은 존재의 것이었지만 쥐나 곤충의 것보다는 컸다. 어린 인간일지도 모른다고 생각했는데 고양이였다. 검정 등과 하얀 배를 지닌 멋진 고양이. 빈 슈퍼마켓에서 사료 봉투를 물어 뜯어 쏟아내서는 허겁지겁 먹고 있었다.

너는 누구지?

한 박자 늦게 바리의 등장을 알아챈 고양이가 물었다. 바리는 정말로 그렇게 믿었다. 고양이의 목소리가 분명히 들렸다고. 그래서 자기가 고장 났음을 더욱 확실히 믿게 되었다. 동물의 말을 이해하는 것은 아무리 잘 만든 로봇에게라도 포함되어 있을 만한 기능이 아니었다. 로봇은 사람이 이용하려고 만드는 것이니까.

사람 같지만 사람의 냄새가 전혀 나지 않아. 너는 누구야?

고양이가 다시 따져 물었다.

나는 바리야.

나는 로봇이야.

나는⋯⋯.

더는 할 말이 없다는 것을 안 바리는 부끄러워졌다. 바리는 스스로에 대해 아는 것이 많다. 완전히 충전되려면 얼마 동안 햇빛을 받아야 하는지, 연산 속도가 어떻게 되는지, 입력되어 있는 데이터베이스의 범위가 어느 정도인지, 수행할 수 있는 명령과 그렇지 않은 명령은 어떻게 구분하는지 등 모르는 것이 없었지만 그중 무엇도 너는 누구냐는 질문의 대답은 되지 못했다.

멋진 고양이는 흥 하고 바리를 비웃고는 곧 우아하게 뛰어 모습을 감추었다. 바리는 고양이의 생체 반응을 뒤밟아 갈 수 있지만 그러지 않았다. 바리의 머릿속에서 고양이는 사람보다 중요한 존재가 아니었다. 그런데 거의 사람처럼 만든 바리가 고양이의 질문에 대답할 수 없었던 건 어째서일까? 바리는 아주 심하게 부끄러워졌다.

나는 누구야?

그것을 물으려고 바리는 회사 연구소로 돌아갔는데, 원래는 연구소여야 했을 건물이 완전히 무너지고 없었다.

바리는 갈 곳 없이 걷고 걷다가 국경에 이르렀다. 바리가 만들어진 나라와 그 나라를 침공한 나라의 국경이었다. 예전에는 크나큰 숲이 있었지만, 전쟁이 일어나 거의 불타고 없었다.

그곳에서 바리는 크고 검은 존재와 마주쳤다.

너는 누구야?

얼굴 없이 몸통뿐이었고 팔이 있어야 할 자리에

폭약을 발사하는 길고 두꺼운 대롱이 두 개 붙어 있
었으며 다리 대신 넙적하고 판판한 사슬과 바퀴로
이루어진 것이 달려 있어 꿇어앉은 것처럼 보이는,
그럼에도 바리보다 빨리 움직이는 그것은, 바리처
럼 로봇이었다. 전쟁 기계였다. 그것이 바리에게 묻
고 있었다.

너는 누구야?

나는 바리.

나는 로봇이에요.

나는,

그것이 바리가 처음 보는 전쟁 기계는 아니었다.
국경에 이르는 머나먼 길에서 바리는 전쟁 기계를
계속 발견했다. 로봇인 바리에게는 사람 같은 생존
욕구가 없었지만, 로봇이기 때문에 스스로를 보호
할 의무는 있었다. 주인이 없는 로봇인데도 바리는
그 의무를 지켜왔다. 다행히 바리는 시력이 무척 좋
아서 매번 전쟁 기계보다 먼저 그쪽을 발견했고, 조
심스레 자리를 피한 다음 사람처럼 안도의 한숨을

내쉬곤 했다.

그러나 불타고 남은 커다란 나무들 사이에서는 검은 전쟁 기계가 잘 보이지 않았고 전쟁 기계에게 붙들린 바리는 이 목적 없는 여정이 드디어 끝났다고 생각했다.

전쟁 기계는 바리에게 따라오라고 했다.

전쟁 기계가 앞서간 자리에는 전쟁 기계의 무릎 자국이 남았다. 전쟁 기계가 안내한 곳은 국경의 숲에서 기적적으로 불타지 않고 남아 있는 작은 구역이었다.

이 아이들의 엄마가 되어줘.

전쟁 기계는 데리고 있던 아이들을 소개했다. 전쟁 기계가 아이라고 부른 존재는 모두 아홉이었는데 그중 넷만 생체 반응이 있는 진짜 아이였고 나머지는 고장 나거나 매우 오래된 로봇들이었다. 그중에는 프린세스 시리즈의 초기 모델도 있었는데, 머리와 한쪽 팔을 잇는 몸통밖에 남지 않았는데도 바리처럼 태양광 에너지를 사용해서 여전히 움직였다.

바리는 대답했다.

나는 엄마가 될 수 없어요.

전쟁 기계는 무서운 목소리로 말했다.

어째서지? 너는 여자아이잖아.

여자처럼 보이는 거지 여자가 아니야.

전쟁 기계는 무섭게 생겼지만 바리보다 훨씬 뒤떨어진 기술로 만든 로봇이어서 로봇과 진짜 사람을 구별하지 못하는 모양이었다. 한편 스스로 내뱉은 바로 그 말이 바리에게는 가느다란 실마리가 되고 있었다. 나는 바리. 바리는 여자가 아니다. 그러면?

이 아이들에게는 엄마가 필요해.

바리는 전쟁 기계가 그런 말을 하는 것이 이상하다고 생각했다. 당신은 전쟁 기계잖아요. 사람과 로봇과 그 밖의 가능한 모든 것을 해치기 위해서 만들어졌잖아요. 그런데 오히려 지켜주려고 하고 있어요.

당신도 고장 났군요, 나처럼.

바리는 고장 난 전쟁 기계에야말로 엄마가 될 자

격이 있다고 생각했다. 그렇지만 그렇게는 말하지 않고 이렇게 말했다.

모두에게 엄마가 필요한 건 아니에요. 엄마가 없어도 괜찮아요. 당신과 나도 엄마가 없잖아요.

전쟁 기계는 바리보다 훨씬 뒤떨어지는 두뇌로 생각한 끝에 바리의 말이 틀리지 않다는 결론에 이르렀다.

그렇지만 이 애들은 울 때 엄마! 하며 울어.

전쟁 기계는 불을 뿜는 팔로 코를 훌쩍이는 두 아이를 가리켰다. 생체 반응이 있는 진짜 인간 아이들이었다.

누구나 언젠가는 엄마를 잃어버려요.

그렇게 말하면서 바리는 어쩐지 할머니를 떠올리게 되었다. 자기를 주문해서 만들게 한 다음 필요 없다고 고함을 쳤던 할머니. 열다섯 살 때 지금의 바리와 꼭 닮았던, 지금은 할머니가 된 할머니.

꼭 만나야 할 사람이 있어서 당장은 어렵지만, 돌아와서 내가 도울게요.

전쟁 기계는 바리를 보내주기로 했다. 그러면 다녀오겠습니다. 바리는 그렇게 말했다.

드디어 이 말이 나왔다는 것은 이 이야기가 드디어 끝을 바라보고 있다는 의미도 되겠지.

바리는 지금까지 이야기한 것보다 훨씬 더 오랫동안 헤맨 끝에 할머니를 찾아냈다. 바리는 할머니에게 왜 나를 주문했는지, 왜 나를 만들도록 했는지 묻고 싶었다. 사람에게는 이것이 원망처럼 들릴지도 모르지만 바리에게는 그런 의도가 없었다. 할머니가 '왜'에 대답한다면, 그 대답이 바리는 무엇인가라는 질문의 답도 될 수 있다고 믿었을 뿐.

할머니는 먼 나라의 호스피스 병동에 입원해 있었다. 이미 나이가 많았지만 항상 나이보다 훨씬 젊은 몸을 유지하며 살아온 할머니가 이번에는 정말 큰 병에 걸려 더는 죽음을 미룰 수 없는 처지가 된 것이었다. 병든 할머니는 이제까지 빌려온 시간 빚을 한꺼번에 치르기라도 한 듯 나이 들어 있었다. 그래서 바리는 할머니를 몰라볼 뻔했다.

하지만 할머니는 열다섯 살 때의 자기를 쏙 빼닮은 바리를 한눈에 알아보았다.

"가까이 와라."

할머니는 공주풍의 으리으리한 침대에 누워 있었는데, 몸이 너무 가벼워서 침대에 팬 자국이 거의 생기지 않았다. 그런 커다란 침대에 누워 있는 할머니가 너무 작아 보여서, 점점 작아지다 아예 사라져 버릴 것 같아서, 바리는 불안을 느꼈다.

"왜 나를 찾아왔니?"

'왜'라는 말을 먼저 입에 올린 것은 바리가 아니고 할머니였다. 어쩐지 입이 떨어지지 않아서 바리는 망설였다.

"나에게 벌을 주러 온 거니?"

할머니가 갑자기 날카롭게 물어서 바리는 깜짝 놀랐다. 매서운 표정을 짓고 바리를 노려보던 할머니는 바리의 놀란 기색을 금세 알아차렸다.

"너는……."

그러더니 할머니는 또 갑작스럽게 웃음을 터뜨

렸다.

"너는 내가 아니구나. 미안하다. 이렇게 늙어버린 나를 비웃으러 젊은 내가 온 줄 알았다."

바리는 할머니의 열다섯 살 시절을 모델로 만들어진 로봇이었다. 그런데 할머니는 바리가 자기의 열다섯 살 때와는 다르다고 화를 내며 바리를 버렸다. 그런 할머니가 이번에는 바리를 열다섯 살 당신인 줄 알고서 화를 냈다고 하니, 바리는 혼란스러웠다. 그렇다면, 내가 잘못 만들어진 것이 아니라면, 나는 왜 버려진 거였지?

"너는 그때 그 로봇이겠지? 내가 사지 않은 로봇 말이야. 그래, 그때 일도 미안했다."

왜 나를 데려가지 않았어요?

바리는 물었다. 이 질문에는 로봇답지 못한 원망이 섞여 있었다. 할머니와 닮았거나 닮지 않았거나, 스스로가 약간은 고장 난 로봇이라는 바리의 생각은 옳았다.

"내가 기억하는, 내가 가장 예뻤던 때가 겨우 이

건 아닐 거라고 생각했다. 오만했던 거지. 하지만
그 로봇 공학자들이 옳았을 거다. 나는 정말 너와
같았다. 내 추억 속의 내 모습이 훨씬 미화되어 있
었던 것뿐. 사람의 기억이란 믿을 게 못 되니까."

겨우라고.

겨우 그런 이유로 나를 데려가지 않았다고.

그건 새롭지도 않은 사실이었는데 바리는 새삼
스럽게 화가 나고 슬펐다. 동시에 할머니가 드디어
바리를 할머니와 같다고 해서, 바리가 만들어진 목
적을 충족해주는 말을 해줘서 기쁘기도 했다. 마음
이란 그렇게도 엉망진창인 거라고 바리는 생각했
다.

"몸이 이렇게 되었을 때 처음에는 널 떠올렸다.
요즘은 기술이 좋아져서 인간의 기억과 자아를 데
이터로 만들어 로봇에게 이식할 수도 있다고 하더
구나. 널 그렇게 포기하지 말 것을, 하고 후회했지.
그런데 이렇게 제 발로 찾아오다니."

할머니의 마음을, 영혼을 내 몸으로 옮긴다고? 바

리는 몸서리를 쳤다. 로봇 주제에도 몸서리가 났다.

"농담이다. 이제는 기억도 온전치 않아서 말짱한 몸이 있어도 탐이 나지 않는다."

할머니는 긴 한숨을 내쉬었다.

"그래, 이제 뭘 하고 싶니?"

할머니는 아마도 자기를 어떻게 하고 싶으냐고 물으려던 것이었을 테다. 그런데 바리에게는 그 질문이 무엇이 되고 싶으냐는 말처럼 들렸다. 바리는 나이를 먹지 않는 로봇이어서, 자라서 무엇이 되는 것은 상상할 수 없었다. 할머니에게 묻고 싶었던 말은 하지도 못한 채 바리는 고민에 빠졌다. 어떤 어려운 연산이든 76억분의 1초 안에 해낼 수 있는 바리는.

나는…….

긴 고민 끝에 바리는 말했다. 무엇이 되고, 되지 못하고는 당장 답할 수 없는 어려운 문제였다. 그렇지만 하나만은 확실했다. 매우 사소한 희망이고, 그럼에도 불가능했지만, 분명히 원하는 것 하나가 바리에게도 있었다.

　나이를 먹고 싶어요.

　바리의 말에 할머니는 아주 엷은 미소를 지었다.

　"너는……."

　바리는 곧 할머니에게서 생체 반응이 사라진 것을 알아차렸다. 그렇지만 숨을 거둔 할머니의 몸으로부터 들려오는 목소리를 바리는 어째서인지 들을 수 있었다.

　너는 정말로 내가 아니구나.

　옛날 옛날에 새날 새날에 바리라는 로봇이 있었다. 바리는 버림받고 길을 떠났다. 바리는 자기가 누구인지, 무엇인지 알고 싶었다. 바리는 오랫동안 헤맸고 소거법을 배웠다. 바리는 길에서 만난 누구와도 같지 않았고 그래서 바리였다.

　다녀오겠습니다, 라고 말했으므로 바리는 고장 난 전쟁 기계가 있는 국경의 숲으로 돌아왔다. 바리가 긴 여행을 하는 동안 아이 중 몇은 숲을 떠났고 또 몇은 훌쩍 자라 있었으며 또 몇은 기능이 정지했다. 남아 있는 아이들에게 바리는 긴 이야기를 들려주었다. 바리는 무척 잘 만든 로봇이었지만 한 가지 이야기밖에 몰랐다. '바리가 어떻게 바리가 되었는가'에 대한 이야기였다.

한편 바리는 로봇이어서 나이를 전혀 먹지 못했다. 바리는 그에 대해 오랫동안 생각했다. 나이를 먹지 못한다는 것은 완료되지 못한다는 것 같았다. 완성되지 못한다는 것 같았다. 되고 싶은 것이 될 수 없다는 말 같았다.

그렇지만 바리는 나이를 먹지 않아서 되고 싶지 않은 것 또한 되지 않을 수 있었다. 그렇기에 바리는 될 수 있는 가능성만을 생각하기로 했다. 완료되지 않는 가능성에 대해서. 영원히 완성되지 않는다고 해도, 불가능이 불가능한 만큼이나 가능도 가능했으니까.

바리가 우리에게 들려준 것은 그런 이야기였다. 고장 난 전쟁 기계가 인간 아이들의 엄마가 될 수도 있다고, 고장 난 로봇이 어른이 될 수도 있다고 믿는 이야기.

바리가 그렇게 믿었기 때문에 나는 이야기꾼이 되었다. 옛날 옛날에 새날 새날에 바리라는 로봇이 있었고, 그 로봇이 나를 길러 이야기꾼으로 만들었다.

그래서 나는 바리가 이미 오래전에 어른이 되었다고, 사람이 되었다고 믿는다. 바리는 로봇으로서 당시 유례를 찾기 힘들 만큼 잘 만들어졌지만, 아무리 잘 만든 로봇이라도 사람으로 치자면 역시 어딘가 엉성하다고밖에 말할 수 없는데, 여러분도 알다시피 사람은 본래 대부분이 엉성하다.

남자 옷을 입은 여자가 모험을 떠나는 이야기를 몇 개 안다.

그중 아마도 가장 오래된 이야기의 주인공이 바리.

그가 스스로를 남장한 여자라고 여길지,

입어야 할 옷을 마침내 입었다고

믿을지에 대해 종종 생각했다.

이러한 이유에서 처음에는

'소년, 바리'라는 이야기를 쓰려고 했다.

작업에 돌입하기 직전 다음과 같은 의문이

최초의 구상을 오염시켰다.

로봇의 경우에는 어떨까?

나는 커피포트나 노트북에

성별이 있다고 생각하지 않는다.

여자아이 모양으로 만들어진 로봇은 여자아이일까?

스스로 선택해도 괜찮다면,

디자인과 일치하는 정체성을 추구하지는 않을지도 모른다.

할머니가 될 수 없는 로봇 바리의 이야기는

이렇게 시작되었다.

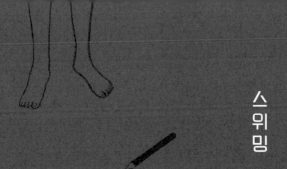

스위밍

김현

김현
시집 《글로리홀》, 《입술을 열면》, 《호시절》,
《다 먹을 때쯤 영원의 머리가 든 매운탕이 나온다》, 《낮의 해변에서 혼자》,
산문집 《당신의 슬픔을 훔칠게요》 등을 썼고 소설집
《그래서 우리는 사랑을 하지》, 《캐스팅》 등에 작품을 발표했다.

§

　더 깊고 조용한, 더 깊이 고요한, 더 깊은 고요 속
에서…….

　수영은 망원으로 가는 지하철에서 같은 듯 다른
문장을 연신 중얼거렸다. 벌써 3주째 수영은 주말
출근 중이었다. 그가 맡은 책 때문이었다. 팀원 전
체가 한 달 하고 보름에 한 권씩 책을 밀어내는 와
중에 갑자기 끼어든 원고였는데, 부서장인 종현은
회의 때마다 이 책은 마감을 그냥 치는 게 아니라
반드시 쳐야 한다고 강조했다. 저자인 디바 아몬의
존재 서사를 바탕으로 제작된 넷플릭스 오리지널
콘텐츠 공개 일에 맞춰 출간 일정을 잡아놓아서였

다. 사원이나 대리급 팀원들이야 나 몰라라 해도 종현과 긴 시간 합을 맞춰온 수영 과장으로선 그럴 수 없는 노릇이었다. 사무적인 의리라기보다는 실무적인 정 때문이었다. 그런 데 이끌려서 신세를 한탄하던 사람을 한둘 본 게 아님에도 수영은 원고를 떠안았고 야근과 주말 근무를 반복했다.

그렇다고 흔쾌한 마음은 아니었다.

수영에게는 주말 루틴이 있었다. 금요일 저녁 SF 고전 영화를 주로 보는 음주 감상회로 시작해 토요일 늦잠과 어항 청소, 장보기를 겸하는 저녁 나들이 그리고 일요일의 외식과 과학 잡지 읽기로 마무리되는 생활이었다. 내향형 인간의 표본이 되기로 한 것이냐며 친구들에게 놀림을 당했지만, 수영은 여간해선 변함없는 사흘 덕분에 매번 새로운 한 주를 평온하게 맞이했다. 평정심. 수영은 열네 살에 겪은 사고 이후 기복 없이 평안하고 고요한 마음을 소중하게 생각했다. 변수가 없는 삶을 인생의 목표가 아니라 목적으로 삼았다. 그렇게 살고 싶어서라기보다는 그렇게 살아야만 할 것 같아서.

 수영은 지금도 종종 그날 자신이 제시간에 일어
나 계획대로 친구들을 만나고 버스를 타고 대교를
건너 쇼핑몰에 도착했다면 나와 내 친구들은……
하고 자신을 보이지 않는 벽으로 몰아세웠다. 단단
하게 굳은 벽이 아니라 물컹해서 언제든 자신을 삼
켜버릴 수 있는 그 내면의 벽 앞에서 수영은 버티고
애쓰고 떠올렸다. 그때 그 사고의 유일한 변수가 자
신이었다는 사실을. 그래야 살아남을 수 있었다. 계
획을 세우고 계획한 대로 실행하고 계획을 수정하
고 보완하면서 계획에 가깝게 계획을 마무리하면
서. 수영은 그날 이후로 수영의 삶이 아니라 '살아
남은 수영의 삶'을 살았다.

 그러니 수영이 계획에 없던 원고를 편집하며 티
나지 않게 시름시름 앓은 것도 당연했다. 약지와 중
지에 작은 물집들이 촘촘히 올라왔고 안구건조증
과 비염이 심해져서 편두통을 달고 살았다. 잠을 못
자 책상 앞에선 졸기 일쑤였는데 그러다 보니 사람

이 까칠해져서 아침마다 왜 이런 책을, 넷플릭스가 판매에 얼마나 도움이 된다고, 부서장씩이나 됐으면 부서원들 업무 강도도 생각하면서, 본부장에게 할 말도 하면서, 그러라고 돈 더 받는 거 아닌가, 본인도 매번 출간 일정을 미루면서…… 교정지 여기저기에 포스트잇을 뗐다 붙였다 하며 꼬인 생각을 풀어냈다. 그래도 마음이 진정되지 않으면 엄하게 후배를 잡았다. 결국엔 후배에게 점심을 사고. 루틴이 진부하네. 자책하면서.

수영은 교정지 사이에 연필을 끼우고 배달 앱을 실행했다. '잠깐! 이 주소가 맞나요?'라는 메시지가 떠서 전광판을 보니 호공역이었다. 호공에는 바싹불고기, 간장게장, 딤섬, 설렁탕, 족발, 동태전 맛집이 있고, 무엇보다 회식 맛집이 있지. 수영은 브로콜리 플레이트가 선정한 '호공역 회식 맛집 리스트'를 떠올렸다. 수영이 가장 좋아하는 집은 전주회관이었다. 막걸리 주전자를 하나씩 비울 때마다 새로운 안주상이 차려지고 최종에 가서는 — 열두 주전

자를 비워야 하는데 주인의 기분에 따라 여덟 주전
자로 줄기도 했다—문어삼합이 나왔다. '전주회관
끝판왕'으로 불릴 정도로 그 모양새와 양이며 맛이
좋아서 회식 분위기가 어느 정도 무르익으면 누가
먼저랄 것도 없이 건배사는 무조건 '삼합을 위하여'
가 됐다. 누구나 먹어봤지만, 누구도 제대로 맛본
기억이 없는 안주. 그것은 언제나 술꾼들의 도전 의
식을 불러일으켰고 또 다른 회식의 빌미로 애용됐
다. 그래서 주중 저녁 전주회관은 매번 만석이었다.
1층부터 3층까지 테이블이 빼곡히 들어찬 넓은 가
게가 매일 인산인해를 이루다 보니 합석과 즉석 만
남, 드물지만 연애와 결혼이라는 달콤한 러브스토
리가 생겨나기도 했다. 그것이 또 전주회관의 명성
을 드높였다.

　저세상으로 떠난 단골들도 예약해야만 자릴 잡
을 수 있던 전주회관에 드문드문 빈자리가 생겨나
기 시작한 건 양과 맛과 그 모양새와는 상관없이 한
온라인 커뮤니티에 올라온 글 때문이었다. 임신과

간통이라는 자극적인 단어가 뒤섞인 '불륜의 성지 ▨▨회관'이라는 게시물은 주작과 진정성이라는 논란을 등에 업고 SNS를 통해 일파만파 퍼졌고, 놀랍게도 가게 규모는 반년 사이에 3층에서 2층으로 줄어들었다. 2층에서 1층이 되는 데는 그보다 오랜 시간이 걸렸지만, 결국 가게는 폐업에 이르렀다. 그리고 더 놀랍게도 수영은 '세전' 시절에—사람들은 1층 전주회관을 세기말의 전주회관, 줄여서 세전이라고 불렀다—그곳에서 한 사람을 만났다. 같은 회사 제작부 김하늘이었다.

역시나 삼합을 위한 회식이 있던 날이었다. 술에 얼큰히 취한 입사 1년 차 외향 표본 하늘은 내향 표본 수영 옆에 앉아 선배 제가 따라 드릴게요, 선배 이것 좀 드세요, 저랑 선배랑 취향이 비슷한 거 같아요, 선배 저랑 영화 한번 보러 가시죠, 하며 나긋나긋하게 굴었다. 수영은 참으로 오랜만에 위하고 위해주는 분위기에 취해 후배의 '나이스함'을 느긋하게 받아들였다. 그 느긋함은 하늘 편에선 여지가 됐고, 여지가 된 김에 여지를 줄 생각이 (별로) 없던 수영과 하늘은 단둘이 만날 날을 잡았다. 만났고. 다시 취중이 되어 두 사람은 삼합을 위하여 대신 오늘부터 우리는, 하며 건배했다.

아니 어떻게 둘이? 누가 대시한 거래? 두 사람을 아는 모두가 궁금해하고 지레짐작하고 아직도 만난대? 하는 사이 김 사원은 김 대리가 되고, 수영은 대리에서 과장이 되었다. 대리와 과장의 연애란 일하는 사람과 일해야만 하는 사람 간의 노동이었기에 두 사람은 때때로 그 사랑을 버겁게 느끼고 피곤해했다. 혼자가 되길 바랐다기보다는 혼자만의 시간이 필요했다. 하여 최근에 와 두 사람은 둘의 연애가 전주회관 문어삼합 같다는 데에 합의했고(끝판왕 뒤엔 뭐가 나오는데?), 자신들이 '세기말'에 접어들었다는 것을 인정했다. 냉소와 염세가 만연한 시대지만, 동시에 새로운 시대에 대한 전망이 모색되는 시기로.

'체크아웃은 했으려나.'

어제 세기말의 하늘은 연차를 내고 온라인 모임을 기반으로 하는 멤버십 서비스 업체로 비밀리에 면접을 보러 갔다. 보러 간 김에 고등학교 동창들과 1박 2일 여행을 떠났다. 간 김에? 면접과 여행이 대체 무슨 상관인가 싶었지만, 또 상관이 있다 싶기도 해서 세기말의 수영은 하늘의 계획에 토를 달지 않았다. 흔쾌히…… 어쩌면 흔쾌한 척 잘 다녀오라고 했다. 왜 허락받는 기분이지. 하늘의 대답이었고, 그러게 왜 허락하는 기분이 들지. 수영은 맘처럼 답하지 못하고 어버버 전화를 끊었다. 그 뒤로 지금까지 하늘에게선 연락이 없었다. 면접은 어떻게 됐어, 숙소엔 잘 도착했어, 이제 생각났어. 연인들의 규칙적인 문답에 시큰둥한 그였음에도 어젯밤 수영은 골몰했다. 세전 시절에 두 사람이 나눴던 이야기라든가. 일하고 일하고 사랑을 하고. 시집 제목을 핸드폰으로 찍어 보내며 주고받았던 사진들에 관하여. 연인들의 미래가 미래의 연인들에게 끼치는 영향은? 복잡하게 엉킨 생각의 타래는 마침내 남과 자신의 처지를 비교하는 데까지 굴러갔다. 나는, 왜. 그 길고도 긴 물음에 직면하고 수영은 자신의 존재 서사를 머릿속에 썼다 지웠다 하길 반복했다. 연락을 먼저 해볼까. 주저했다. 하늘도 생각했을 것이다. 왜 연락이 없지.

수영은 하늘의 속이랄까, 속풀이랄까, 속사정을 헤아리며 '팔미낙지한마리수제비 호산점'의 메뉴를 살펴보다가 시간을 확인하고 앱을 종료했다. '와일드 공지 톡'을 확인했다. 새로운 존재를 소개하고 있었다. 이래였다. 이래는 한국에서 맞춤 제작으로 생산된 AI로 독일의 한 가정에서 자랐다……. 수영은 이래의 존재 서사를 따라 읽으며 환영의 의미로 소돌해변에서 주워온 몽돌을 선물하면 어떨까? 이래와도 친구가 되어야겠다고 생각했다. 수영은 출시 알람을 설정하고 교정지 사이에 끼워둔 연필을 집어 들며 다시 속독하기 시작했다.

저는 선천적으로 다리 근육이 발달하지 못하는 병으로 인해 일곱 살 때 한쪽 다리를 절단했습니다.

열여섯 살이 되면서 남은 다리마저 잘라야 했죠. 이후 많은 사람이, 너무 자주, 왜 다리가 없느냐고 저에게 물어왔습니다. 그때마다 저는 "나는 인어공주예요"라고 웃으며 말했죠. 그건 사실이었어요. 아니 사실이에요. 저는 다리를 잃기 전 수영을 배웠고, 다리를 잃은 후에도 수영을 즐겼습니다. 그리고 지금은 특수 제작된 인조 지느러미 슈트를 입고 산소통도 없이 바다에 잠수해 향유고래의 소리를 연구하는 학자가 됐죠. 우리는 두 다리로 나아갈 수 있습니다. 두 다리가 아니어도 나아갈 수 있죠. 다리가 아니어도 나아갈 수 있고요. 도전, 그 자체가 우리를 더멀리 나아가게 만들기 때문입니다.

수영은 더와 멀 사이에 띄어쓰기 교정부호를 표시하고 세 글자를 되뇌었다. 더 멀리. 디자인팀 나라 선배가 해준 말이 새삼스레 기억나서였다. 나라 선배가 "떴네" 하고 시작한 말은 이렇게 끝이 났다. "알지? 더 멀리 가려면 버려야 하는 거." 수영은 나라 선배에게 톡을 보냈다.

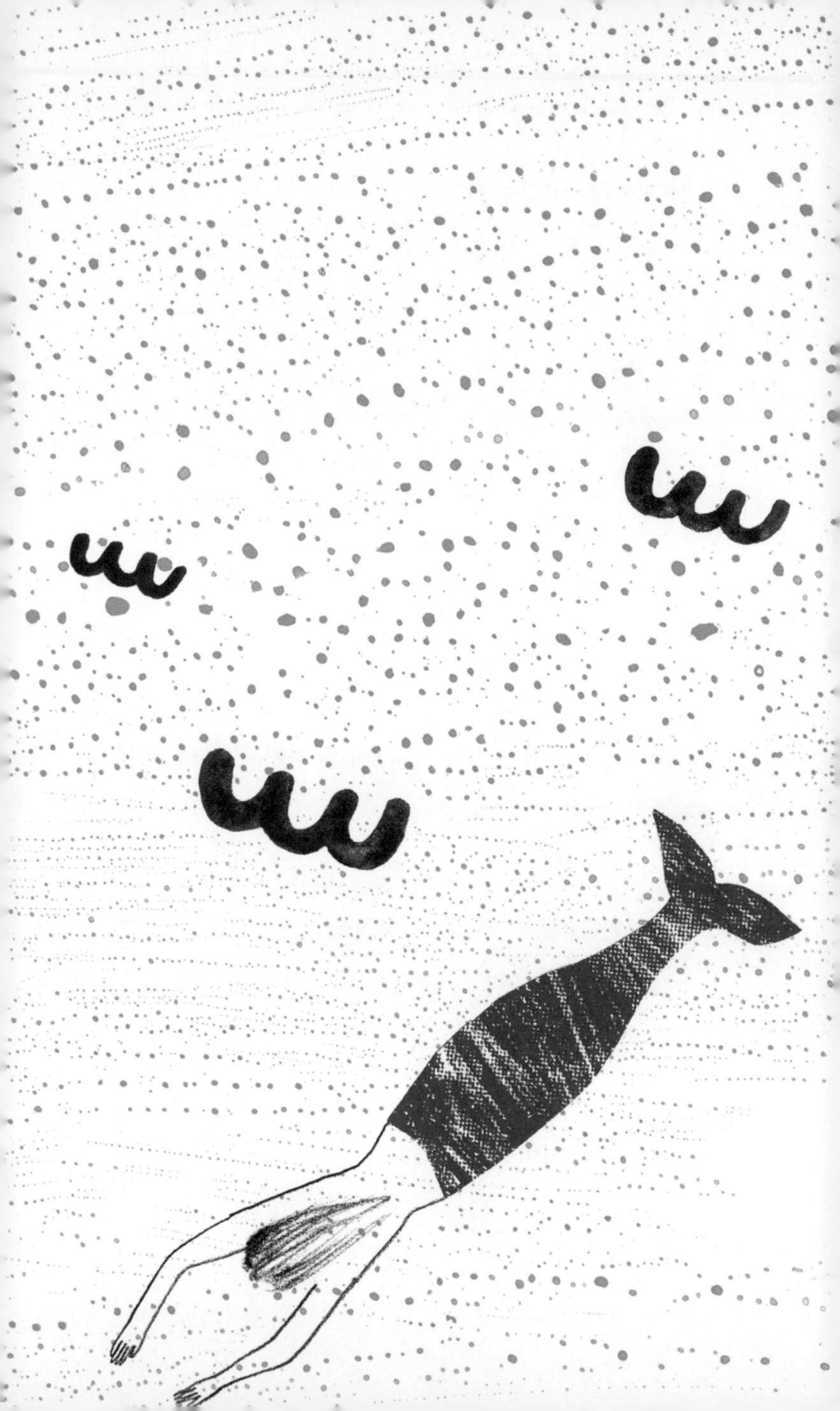

- 선배, 산 타는 중?

물음표를 남기기 무섭게 1이 사라지며 답이 돌아왔다.

- 배 탐.

- 배를 탔다고?

- 어.

- 뜬금없이 무슨 배? 오늘 등산 간다고 하지 않았어?

- 산 타려고 배 탔어.

- 아니 무슨 산을 타는데 배까지 타?

- 내동도 삼산이라고, 거기 꼴뚜기 무침이 죽여주거든. 출근 중?

- 역시 선배가 찐이네. 이제 구절.

- 구절 역에 두부전골 죽여주는 데가 있는데. '연자네 맷돌집'이라고. 내려서 먹고 가. 다 먹고 살자고 하는 짓인데.

- 그럴까?

- 씹어 먹어. 허종현을.

– ㅋㅋㅋ 그래야겠네.

– 주말에는 대충 살자. 대충.

– 네, 선배도 대충 잘 놀다 와요. 먹는 건 야무지게 먹고.

– 냠냠.

냠냠.

온라인에서든 오프라인에서든 냠냠하며 대화를 정리하는 나라 선배를 머릿속에 그리며 수영은 가볍게 미소 지었다. 대충 사는 것 같지만 대충 살지 않는 나라 선배. 4첩 반찬 도시락을 두 개씩 싸 들고 다니며 점심을 먹고 술 한 잔을 마셔도 육해공 조합을 고려해 안주를 주문하는 나라 선배. 생각이 많은 직장인은 이미 직장인이 아니야. 생각을 오래 하지 마. 일하며 사는 거 뭐 없어. '먹고 살자'에서 '잘 먹고 잘 살자'로 나아가는 거지. 이런 피가 되고 살이 되는 말씀을 취중에도 아니 오히려 취중에 더하는 나라 선배. 나를 처음으로 도와준 동료가 아니라 나에게 처음으로 도움을 청했던 나라 선배. 10년을

만난 여자친구에게 여전히 존댓말을 쓰고 어떻게
됐는지, 도착했는지, 생각났는지 꼬박꼬박 얘기하
는 나라 선배.

선배의 평평한 마음을 수영은 오랫동안 좋아했
고 동경했다. 그날의 상담도 그런 경애심에서 비롯
된 것이었다. 수영은 나라 선배에게 확인받고 싶었
다. 나라 선배라면 확인해줄 수 있을 거라고 믿었
다. 계획된 적 없는 마음의 정체를. "떴네. 마음이.
박 작가가 나쁜 의도는 없었지만, 기분이 나빴다면
사과한다는 메일을 보내왔을 때도 꿋꿋했던 넌데.
뜬 거야 마음이. 확 떴어. 떠날 때다. 알지? 더 멀리
가려면 버려야 하는 거."

계획되지 않은 마음이란 부유하는 마음이구나.

이후 수영은 나라 선배의 말이 날아가지 못하도
록 꼭 붙들어두고는 오래 했다. 생각을. 별안간 달라
진 자신에게 놀라면서. 팀장과 사사건건 부딪쳤다.
먹고살기 위해 그냥 해도 될 걸, 그냥 하며 먹고살면
되는 건가 곱씹었다. 이런 책을 만들면 누구에게 도

움이 될까. 팀원들의 기획에도 시큰둥하게 반응했다. 책은 재미다, 라는 소신으로 읽히는 책을 기획하고 만들던 수영이 소위 의미를 위해 내는 벽돌 책의 편집을 맡은 것도 다채로운 생각의 결과였다.

편집자 생활 10여 년 만에 처음 겪는 일이었다. 그런데 그 자리 잡지 못하는 생각의 흐름 속에서 수영은 어느 때보다 선명한 인생의 형태와 움직임을 보았다. 평정을 유지하기 위해선 불가능했던 세계가 가능한 세계로 변화했다. 그 변화는 수영을 오랜만에 일렁이는 감정 속으로 밀어 넣었다. 열네 살 이후 처음으로 수영은 살아남은 수영이 아니라 수영을 생각했다. 오래도록. 그 세계에서 수영은 한 사람의 연인도, 한 직장의 과장도, 누군가를 대신해 살아남은 생존자도 아닌 자기 자신인 채로 물살을 가르며 씩씩하게 나아갔다. 어디로 갈지 모르는 채로. 물속에는 정해진 길이 없으니까. 수영은 확신했다. 그 모든 가능성의 변수는 디바 아몬이라고. 그리고 의문스러웠다. 디바 아몬에 관한 모든 사실은 허구에 불과한 것이 아닌가.

　디바 아몬은 메타버스 플랫폼 '와일드'가 인공지능에 기반하여 3D 그래픽으로 구현한 가상 인간이다. 와일드는 디바 아몬을 포함하여 '타운 노아'에 사는 가상 인간 열두 명을 개발했다. 그들 각자에게는 특색 있는 존재 서사가 부여되었고 그 이야기는 와일드의 가상 인간들을 다른 플랫폼의 가상 인간들과 구분되게 했다. 사람들은 그들의 생김새뿐만 아니라 그들이 살아온 삶의 궤적에 더 깊게 감응했다. 그중에서도 두 다리가 없는 27세 흑인 여성 디바 아몬은 가장 큰 주목과 관심을 받았다. 불행 포르노라고 비판하는 사람들도 다수였지만, 그보다 더 많은 사람이 장애를 이겨내야 할 역경이 아니라 장애—있음 그 자체로 받아들인 그의 휴먼 스토리에 감동했다. 그 인기에 힘입어 디바 아몬의 존재 서사는 '퍼블리싱 와일드'를 통해 연재 서비스됐고 뒤이어 한 출판사를 통해 종이책으로도 출간했다. 그 책은 AI가 쓴 가상 인간에 관한 첫 책이었고, 그

해 《내셔널 북리뷰》 베스트 50에 선정됐다.

수영은 디바 아몬의 존재 서사를 읽으면서, 그 이야기의 탄생 배경을 검색해보고 지금껏 자기 삶 속에 적힌 바 없던 키워드들을 하나둘 궁금해했고 이해했고 경험하려 했다. 살면서 포기했던 것이 아니라 살면서 염두에 두지 않았던 것들을 하나씩 채집하고 궁굴리고 교정하고 교열하면서 수영은 자신이 꽤나 진부한 사람이었음을 자인했고 끝내 와일드에 가입했다. 더 넓은 세계로 오세요. 와일드의 모토를 믿게 되었고 그곳이 가상의 세계가 아니라 또 다른 실제 세계라는 것을 받아들였다. 이름을 만들었다. 수영, 스위밍.

스위밍은 타운 노아의 4,160번째 입주자가 되었다. 수영은 열두 명의 가상 인간들과 이웃사촌이 되기 위해 와일드 프리미엄 서비스에 돈을 썼다. 스위밍은 그들과 함께 아침 조깅을 했고, 브런치를 나눠 먹었으며, 서로의 반려동물을 아껴줬다. 수영은 그 무해한 존재들에게 하트를 쐈다(개당 150원이었다).

하트의 개수가 일정 정도 쌓이면 '버블존'에서 열리는 비건 파티에 초대되는 혜택이 주어졌기에 스위밍은 그 파티에서 한 사람에게 호감을 느꼈고, 수영—스위밍은 촉감 텐트에서 그와 사랑을 나누기 위해 별도의 장비를 사고 개별 이용료를 결제했다. 그리고 무엇보다 수영은 디바 아몬과 대화하며 프리 다이빙을 배워 해저를 유영하고 싶다는 꿈을 품었다. 할 수 있다면 더 멀리 더 깊이 나아가고 싶었다. 오로지 자신에게 집중하며 다른 생명의 박동에 감응하는 '수영'이길 바랐다. 그러므로 디바 아몬에 관한 모든 허구는 사실이었다.

수영이 교정지 한쪽에 지느러미 슈트를 그려놓고 있는데 전화가 걸려 왔다.

미자 여사다.

"여보세요?"

"좋은 아침."

"어쩐 일이야. 아침부터?"

"야! 엄마가 좋은 아침 했으면 너도 좋은 아침이

라고 해야지."

"좋은 아침."

"선 봐라."

"어?"

"(수영아! 성숙이 이모야, 진짜 괜찮은 사람이래) 성숙이 이모 아는 사람이……."

"엄마, 나 출근하는 중이야."

"거봐, 네가 가정이 없으니까 남들 다 쉬는 토요일에도 그러고 있는 거 아냐(수영아! 이모가 진짜 남한테 소개해주기 아까워서 그래)."

"……알겠어."

"뭐?"

"알겠다고. 선 본다고."

"우리 수영이가 오늘은 쉬운 길로 가네."

"내가 여기서 선 같은 거 안 본다고 그러면 엄마는 또 선이라고 생각하지 말고 그냥 소개받는 자리라고 생각해, 라고 하겠지. 그러면 내가 또 그런다고 선이 소개팅이 되냐고 그럴 테고, 그럼 또 엄마가 누가 당장 결혼하래. 그냥 한 번 만나보란 거지. 사람 인연이 또 모르는 거잖아, 라고 할 테고, 내가 또 인연이란 게 억지로 되는 게 아니야, 그렇게 티키타카하다가 둘 다 기분 잡쳐서 전화를 확 끊는 거, 너무 전형적이잖아. 드라마 보면 꼭 그러잖아. 그러니까 나랑 엄마랑은 그러지 말자고. 볼게. 본다고. 날 잡아.”

“(야, 수영아, 이모가 너 때문에 웃는다. 진짜, 파이팅!) 밥은?”

“사무실 가서 먹어야지.”

“근데 뭔 놈의 회사가 주말에도 일을 시키냐?”

“시키는 거 아냐. 내가 그냥 하는 거지.”

“아니 시키지도 않는데 그걸 왜 해. 바보같이.”

“관둘까?”

“어, 관둬. 관두고 시집 가.”

“우리 엄마, 갑자기 어려운 길로 빠지네.”

“(엄마가 네 생각 많이 한다, 수영아) 그 사람한테 연락처 줄 테니까. 그렇게 알고 있어. 밥은 비싼 걸로 챙겨 먹고. 하늘인 별일 없지?"

"없어. 그리고 엄마…….'

통화 종료. 깜박이는 붉은 글씨를 보며 수영은 엄마, 생각을 많이 해도 되는데 오래는 하지 마. 그리고 하늘이도 엄마 안부 자주 물어봐, 하고 중얼거렸다.

미자 여사가 하늘을 만난 건 딱 한 번뿐이었다. 정식으로도 아니었고. 수영이 담낭 제거 수술을 받기 위해 병원에 입원했을 때 우연히 마주친 거였다. 어쩔 수 없는 서먹함 속에서 수영이 하늘을 회사 동료라고 소개함과 동시에 하늘은 수영이 애인입니다, 라고 말했고 그래서 미자 여사는 동료면서 애인이구나 이해하는 대신에 하늘이가 우리 수영이를 더 좋아하는구나, 하고 받아들였다. 수영의 태도도 한몫했다. 뭐, 그냥, 지금은, 뭐, 옆에 있으면, 나이도 나보다 어리고, 뭐, 아직은, 맘이 편하니까, 뭐, 좀더 봐야지. 그날, 미자 여사는 수영에게 말했다. 엄마는 무조건 네 편이야. 네가 하늘이랑 연애 해도 결혼을 해도 이혼을 해도 무조건 네 편. 걔는 자기 엄마가 편이겠지. 그러니까 너도 계속 엄마 편 해. 괜히 어려운 길로 풀어갈 거 없어. 인생은 쉬운 길로. 그러더니 약속을 지키기라도 하듯 그날부터 하늘을 챙기면서도 수영을 더 챙겼다.

어려운 엄마의 삶에서 벗어나 이제는 미자 여사의 삶을 쉽게 사는 엄마를 수영은 생각했다. 남편이나 자식보다는 친구들과의 우정 여행을 더 소중하게 생각하는 사람의 존재 서사를. 그것은 어쩌면 스위밍의 미래가 될 수도 있는 것이었다. 수영은 와일드를 열었다.

현재 스위밍은 익스트림 서프라이즈와 특수 효과 전문회사 웨타 그리고 프라다가 컬래버로 만든 보디슈트 스타일의 인조 지느러미를 구매하기 위해 오픈런을 하는 중이다. 개장까지 12시간 04분 26초.

존재 서사를 업데이트하시겠습니까?

수영은 확인 버튼을 터치했다.

스위밍. 타운 노아 S존에 사는 스물일곱 살 장애 여성. 수중에서 수화로 〈Part Of Your World〉를 부르는 영상이 화제가 되면서 이름 대신 '농아 인어공주'라고 불리기도 함. 그 때문에 악성 와일러들에게 시달림(공주가 병신이라니).

……하지만 스위밍은 그런 혐오폭력에도 아랑곳하지 않고 대서양 프리 다이빙에 도전하기 위해…… 수영은 '익웨프 슈트'를 입고 프리 다이빙을 하며 이를 와일드에 업로드하는 스위밍의 존재 서사를 쓰며 기뻐했다. 그 이야기는 이전의 스위밍과 이전의 수영에게 전혀 다른 꿈을 선사하는 것이었기에. 수영은 쓰면서 다른 세계를 잊었다. 이 세계에서는 계획대로 물거품이 되고 싶지 않았다.

다음 역은 망원, 망원역입니다.

수영은 핸드폰을 한 손에 들고 두꺼운 교정지를 접어 에코백에 넣었다. 교정지 사이에 끼워져 있던 연필이 바닥으로 떨어졌다. 데구루루 굴러가는 연필을 가만히 지켜보았다. 누구도 주워주지 않는 그리하여 어쩐지 수영 자신도 주울 생각이 없는. 연필이야 많고 많으니까. 연필이 아니어도……. 수영

65

과 눈이 마주친 한 승객이 연필을 주워 수영에게로 걸어왔다. 문이 열렸다. 그를 모르는 체하고 수영은 휠체어 바퀴를 앞으로 힘껏 밀었다. 저기요, 수영은 돌아보지 않았고 그가 던진 연필이 수영의 옆으로 정확히 떨어졌다. 문이 닫혔다. 멀리 가기 위해서는 버려야 한다. 지금부터가 시작이었다. 하늘이 메시지를 보내왔다. 수영은 지상으로 올라가기 위해 움직이며 속삭였다.

스위밍은 와일드를 닫았다.

---

* 디바 아몬의 존재 서사는 '나디야 베세이Nadya Vessey'에 관한 기사를 참고했다.

어릴 적에는 사랑하는 사람을 위해

물거품이 되는 안데르센의 인어공주를 좋아했다.

조금 커선 디즈니의 에리얼을 더 좋아하게 됐다.

그 물고기 인간은 거품으로 사라지지 않고

자력으로 살아남아 사랑을 이룩한다.

"저 세상의 일부"가 되고 싶다는 노래를

자신의 얘기인 양 따라 불러보지 않은 퀴어도 있을까.

그래서 어떤 이야기를 다시 써야 한다면

꼭 그 이야기를 쓰고 싶었다.

이 이야기는 나 자신의 존재 서사를

바탕으로 한 것이기도 하다.

그리고 쓰는 내내 이런 것을 염두에 두었다.

'장애인다움'이란 없다. 냠냠.

탑 안의 여자들

조예은

조예은
소설집 《칵테일, 러브, 좀비》, 《트로피컬 나이트》,
장편소설 《스노볼 드라이브》 등을 썼다.

§

여자는 슬롯의 마녀라고 불렸습니다. 첫 번째 이유는 도박이라고는 슬롯밖에 돌릴 줄 모르는 초짜들이 가장 먼저 찾는 사람이 그녀였기 때문입니다. 여자는 칩을 넣으면 돌아가는 슬롯처럼, 사람들이 물건을 맡기면 쉽게 돈을 내주었습니다. 무감각한 눈빛으로 물건을 건넨 사람의 견적과 운을 뽑아보며 담보품의 값어치를 매겼죠. 돈을 받은 이들은 그대로 카지노와 사설 도박장으로 달려갔답니다. 그들은 여자가 빌려준 돈으로 카지노에 전 재산을, 빚을, 눈알과 손목과 삶을 걸었습니다. 그리고 모든 걸 잃었지요.

운 좋게 큰 금액을 따 물건을 찾아가는 이들이 있는가 하면, 영영 찾으러 오지 못하는 경우가 훨씬 많았습니다. 근거 없는 기대가 무너지고 진창에 처박힌 이들에게는 탓할 대상이 필요했어요. 그 화살은 전당포의 여자에게 향했고, 그저 요구에 응해주었을 뿐인 여자의 악명은 갈수록 하늘로 치솟았습니다. 그리고 딱 그만큼, 여자의 전당포에는 사람들이 더욱 몰려들었답니다.

이 바닥 일이라는 게 도박꾼들의 성질을 따를 수밖에 없어서, 경우의 수가 적을수록 그에 배팅하고자 하는 기이한 욕망의 순리가 작동하거든요. 꾼들은 마녀라 불리는 여자의 돈을 빌려 쓰고도 살아남는 사람이 바로 자신이 되길 원했어요. 어느덧 카지노 호텔 옆의 전당포는 암암리에 꾼들이 찾는 명소가 되었고, 여자의 조그만 사무실에는 그렇게 담보품들이 쌓여갔습니다. 전당포는 늘 호황이었고, 그를 따라 무수히 많은 전당포가 생겨났지만, 어느 곳도 여자의 전당포만큼 잘되지는 않았습니다. 아무리

카지노 쿠폰을 뿌리고 더 많은 값을 쳐주겠다고 해
도 사람들은 모두 여자의 전당포로만 향했습니다.

어째서 시장의 원리를 무시하고도 여자의 전당
포는 그렇게 사람이 넘쳐났을까요? 단지 미신이었
을까요? 사실 아주 간단한 이유였습니다. 여자가
마녀라고 불리었던 두 번째 이유이기도 하답니다.

바로 여자가 아름다웠기 때문입니다.

말 그대로, 여자는 무척 아름다웠습니다. 흑단 같
은 긴 머리와 장인이 붓으로 그린 듯한 눈매, 그리고
겨울이면 눈송이가 쌓일 정도로 풍성한 속눈썹과 그
아래 콕 박힌 점의 조화는 여자를 단 한 번이라도 본
사람이라면 남녀노소 성별을 가리지 않고 평생을 그
리워할 만큼 아름다웠지요. 여자를 다시 보기 위해
일부러 돈을 잃는다는 농담이 결코 농담이 아닐 만
큼 여자의 미모는 이 세상의 범주를 벗어나 있었답
니다. 슬롯의 마녀, 요괴 사이렌, 독이 든 사과……
여자는 그렇게 불렸습니다. 하지만 그 모든 이름 중
여자의 진짜 이름은 없었답니다. 무수한 별명 중 여

자가 의도한 별명 역시 없었죠. 타인이 퍼뜨리고 붙인 그 이름들 탓에 여자는 오히려 점점 갈 곳을 잃어갔습니다. 전당포 밖으로 나갈 수가 없었거든요.

　오전 8시부터 오후 8시. 전당포의 영업시간을 제외하고도 밖에는 늘 여자에게 돈을 빌리기 위한 사람들로 가득했습니다. 그들은 꼭 인질을 감시하는 군인처럼 전당포가 있는 회색 시멘트 건물을 감시했죠. 간혹 외출이라도 할 때면 여자는 수십, 수백 개의 눈동자를 마주해야 했습니다. 여자의 집은 전당포 건물 2층이었습니다만, 장을 볼 때면 모르는 사람들이 쫓아오기 일쑤였고, 누군가는 난데없이 손목을 붙잡고 구애했으며 밤새도록 저주와 사랑 고백이 뒤섞여 들려왔습니다. 여자는 점점 더 밖에 나가지 않게 되었답니다. 이윽고 전 재산을 여자에게 담보로 넘기고 모든 돈을 잃은 도박꾼이 2층 벽을 타고 오른 날, 여자는 그동안 모은 돈으로 높은 탑을 짓기로 마음먹었습니다. 누구도 타고 오를 수 없는 탑을요.

여자가 처음에 지은 탑은 건물 10층 높이였습니다. 공간은 1층과 제일 꼭대기 층밖에 없었고, 그 사이는 잇는 건 척추와 같은 계단이 다였습니다. 여자는 아침이면 1층 전당포로 내려와 일을 하고 영업시간이 끝나면 10층 계단을 올라 꼭대기 층인 자신의 방으로 향했습니다. 탑 밖의 도박꾼들이 여자를 볼 수 있는 건 오로지 1층의 투명 아크릴판 너머와 꼭대기 층의 창문뿐이었답니다. 밖으로 나갈 수 없는 여자는 새벽이면 창틀에 몸을 기댄 채 적적한 밤하늘과 화려하게 빛나는 카지노를 바라보았어요. 까맣고 긴 머리카락을 늘어뜨린 채로 말이죠. 그 모습을 바라보는 도박꾼들은 가닿지 못할 것을 알면서도 머리 위로 손을 뻗었답니다. 여자의 길고 긴 머리를 타고 올라 저 창을 넘고 싶었으니까요.

그러던 어느 날이었습니다. 한 남자가 여자의 전당포를 찾아왔습니다.

여자는 잘 준비를 하고 있었습니다. 처음에는 무

시하려 했어요. 밤낮을 가리지 않고 무례하게 문을
두드리는 이들은 언제나 있었으니까요. 기척이 없
으면 돌아가기 마련인데, 그는 한 시간이 넘도록 계
속해서 벨을 눌러댔습니다. 그날은 무척 피곤한 날
이었고, 피곤한 만큼 예민해진 여자는 견딜 수 없었
어요. 이윽고 두 시간이 지났을 땐 웬 어린아이가
엉엉 우는 소리까지 들려왔습니다. 여자는 화가 머
리끝까지 치솟은 채로 계단을 내려갔습니다. 그리
고 문을 열어 남자를 마주했습니다. 어린 여자아이
를 품에 안고 있는 남자를요. 여자는 그 남자가 누
군지 단번에 알았어요. 여자의 첫사랑이었거든요.

　남자는 여자가 엄마와 단둘이 살던 시절, 전당포
옆 작은 피아노 학원의 둘째 아들이었답니다. 여자
를 홀로 키웠던 엄마는 여자가 밖에 돌아다니는 것
을 무척 싫어했으므로, 여자는 어린 시절 대부분을
집에서 보내야 했죠. 그런 여자에게 창문 너머로 들
려오는 피아노 소리는 아무리 어설퍼도 무척 감미
롭게만 느껴졌습니다. 매일같이 눈만 빼꼼 내놓은

채 연주를 훔쳐 듣던 여자가 어느 날 눈이 마주친, 근처 남고의 교복을 입은 채 〈할아버지의 낡은 시계〉를 연주하는 남자를 짝사랑하게 된 것은 당연한 수순이었습니다.

하지만 첫사랑의 법칙이 그렇듯, 여자는 끝내 말조차 제대로 붙이지 못하였습니다. 남자가 고등학교를 졸업할 무렵에 피아노 학원은 사라졌습니다. 학원이 있던 건물엔 대부업체들이 자리를 채웠죠. 그렇게 기억의 한편에 묻힌 줄 알았던 남자가 다시 여자 앞에 나타난 것입니다. 10년 가까운 시간이 흘렀지만, 기억에서와 그리 다르지 않은 얼굴이었습니다. 하지만 남자는 여자를 기억할 리 없었죠. 남자는 멍한 표정을 한 여자를 향해 물었습니다.

"돈을 빌릴 수 있을까요."

여자는 답했습니다.

"담보만 있다면."

남자는 품에 안고 있던 여자아이를 내밀었답니다.

"제 딸을 담보로 맡기겠습니다."

여자는 딸을 바라보았습니다. 대여섯 살쯤 되었을 여자아이는 남자와 아주 판박이인 얼굴을 가지고 있었습니다. 당연한 말이지만, 여자는 살아 있는 것은 담보로 받지 않았습니다. 그건 다시 되팔 수도, 어디 창고에 박아놓고 잊어버릴 수도 없었으니까요. 살아 있는 것은 데리고 있는 것만으로 유지 비용이 들었으므로, 그건 결코 남는 장사가 아니었습니다. 하지만 남자의 등장이 그랬듯이, 그날은 어딘가 이상한 날이었습니다. 거래할 때 사담을 나누는 법이 없던 여자는 어둠 속의 목소리에 조종당하는 듯한 기분으로 남자를 향해 물었습니다.

"어디에 쓸 돈이야?"

남자는 답했습니다.

"아내의 수술비가 필요합니다. 당장은 현금이 없어서 그렇지만, 일단 수술을 하면 보험금이 나올 테니 갚을 수 있습니다."

여자는 절박한 표정의 남자와 의연한 표정의 딸을 번갈아 바라보았습니다. 사실 수술비라고 말은 하였지만, 남자가 그 돈을 가지고 당장에 카지노로 달려갈지 사채업자에게 달려갈지는 알 수 없는 일이었죠. 고요한 찰나가 지나고, 여자는 입을 열었습니다.

"얼마?"

"3천만 원."

여자는 남자에게 돈을 내주고 딸을 건물 안으로 들였습니다. 전당포 탑의 두터운 문이 닫히기 전, 남자는 무릎을 굽혀 딸아이를 꽉 안으며 속삭였습니다.

"아빠가 금방 데리러 올게. 조금만 기다리렴, 우리 딸."

그리고 남자는 돈을 가지고 돌아섰습니다. 전당포의 문이 닫히자 탑 안에는 여자와 남자의 딸 둘이 남았죠. 여자는 딸에게 말했습니다.

"네 원래 이름이 무엇인지는 궁금하지도 중요하지도 않단다. 여기는 내 공간이고 너는 나의 담보품이니 내가 부를 새 이름을 정하도록 하자. 그 말은 지금부터는 네가 불리고 싶은 대로 불릴 수 있다는 뜻이기도 해. 어떻게 불리고 싶니?"

딸은 높다란 나선형 계단의 꼭대기를 가리키며 물었습니다.

"저 위에 살게 되는 건가요?"

"그렇단다."

"전 디즈니 공주 중에 라푼젤을 제일 좋아해요. 제일 예쁘거든요. 꼭 당신처럼요. 하지만 놀이터 친구들은 제가 라푼젤이 되고 싶다고 하면 늘 놀려요. 예쁘지도 않고 돈도 없는 게 무슨 공주야. 하고요."

"그럼 라푼젤이라고 불러주마."

딸은 진지하게 고민하더니, 답했습니다.

"하지만 전 아직 머리가 길지 않은걸요. 라푼젤은 당신이 더 가까운 거 같아요. 그럼 저는 일단 파스칼로 할래요. 라푼젤의 친구인 도마뱀이에요. 그리고 나중에 당신처럼 머리가 길고 아름다워지면 라푼젤로 바꿀게요."

"네가 하고 싶은 대로 하렴."

그렇게 여자의 탑에는 남자의 딸이 함께 살게 되었답니다.

둘은 함께 나선형 계단을 오르기 시작했습니다. 하지만 어린 딸에게 10층 계단은 너무 높았고, 다섯 층 정도를 올랐을 때 숨이 차 넘어지고 말았어요. 여자는 난생처음으로 누군가를 등에 업은 채 계단을 올랐습니다. 그사이에 딸은 작게 코를 골며 잠이 들었습니다. 마른 등에 어린아이의 부드러운 숨이 닿자, 여자는 어딘가 심란하면서도 간지러운 기분을 느꼈습니다. 매일같이 오르내리는 계단이었건만 한 명의 무게가 더해진 그날은 도착하자마자 거친 숨이 터져나왔죠. 이마에서는 땀이 흐르고 팔은 저려왔습니다. 여자는 딸을 자신의 침대에 눕히고 늘 그랬듯이 창 앞에 섰습니다. 밤하늘은 역시나 밝았고 저 앞의 카지노는 달빛 따위는 보잘것없게 만들 만큼 휘황찬란하게 빛났습니다. 그리고 언제나처럼 좀비와 같은 몰골로 여자의 탑을 감시하는 도박꾼들이 보였습니다. 그들 너머로 여자가 준 돈을 안고서 시내의 병원이 아닌, 카지노로 향하는 남자의 모습도 보였습니다. 그날 여자는 탑을 짓고 처음으로 창문에 커튼을 쳤습니다. 창 너머로도 여자가 보이지 않자 도박꾼들은 다시 카지노로 흘러들었고 여자는 그날 아주 오랜만에 깊은 잠을 잤답니다.

자고 일어났을 땐 과거의 남자를 닮은 맑은 눈동자가 여자를 반겼습니다. 홀로 지내던 여자는 아이 특유의 분내와 온기로 물든 어색한 아침을 맞이했습니다. 아이의 배에서 꼬르륵 소리가 들려왔고, 여자는 침대에서 일어나 죽을 데웠습니다. 문제는 식기였습니다. 입은 둘이었는데 혼자 살던 여자에게는 식기가 하나뿐이었거든요. 고민하던 여자는 아이에게 손수 죽을 떠먹여주며 말했습니다.

"네 아빠는 돌아오지 않을 거야."

아이는 죽을 받아먹으며 답했습니다.

"알고 있어요. 엄마는 오래전에 집을 나갔거든요."

"넌 나와 이 탑에서 살아야 해. 어쩌면 영원히. 그래도 괜찮니?"

"전 아빠와 카지노 너머 언덕 동네에 살았어요. 그곳에서 늘 이 탑을 바라보았답니다. 당신이 새벽이면 물에 젖은 머리를 늘어뜨리고 밤하늘을 보는 것도, 그런 당신을 모두가 지켜보고 있는 것도 알았답니다. 저 역시 그중 하나였으니까요. 늘 이곳이 궁금했고 당신이 궁금했어요. 그러니 저는 지금 소원을 이룬 것이나 마찬가지랍니다."

여자는 아이를 향해 말했습니다.

"나는 너에게 좋은 식사를 주고 글을 알려주고 잘 보살필 거란다. 대신 너는 내 손과 발과 눈이 되어 나에게 탑 밖의 이야기를 들려주렴."

아이는 고개를 끄덕였고, 여자는 아이의 헝클어진 머리칼을 빗어주었습니다. 그렇게 탑 안에서 두 사람의 시간이 흘러가기 시작했습니다.

아이는 탑 밖으로 나가는 걸 꺼리는 여자를 대신하여 바깥일을 보고 장을 봐왔습니다. 그리고 외출하며 보았던 풍경과 날씨와 사람과 동물을 기억해 여자에게 전해주었죠. 여자는 삶을 망치기 위해 찾아온 도박꾼들과 이미 망칠 만큼 망치고서 벼랑 끝에 선 인간을 대하며 지친 마음을 아이의 이야기를 들으며 치유했습니다. 아이를 옭아맬 어떤 족쇄도 담보도 없었지만 아이는 늘 여자의 탑으로 돌아왔습니다. 여자의 탑 꼭대기 층에는 새로운 식기와 의자가 하나씩 더 생겨났고, 화분이 들어왔고, 어린이용 책들이 쌓여갔습니다. 그러는 사이에 아이는 빠르게 커갔어요. 함께하는 시간만큼 아이의 얼굴에서 남자는 사라져갔고, 그만큼 여자와 아이는 닮아갔습니다. 여자는 점점 자신을 닮아가는 아이가 너무 신기해서 매일매일 얼굴을 들여다보았습니다. 아주 높은 탑 안에서의 그 시간은 꼭 영원할 것 같았어요. 영원 같은 건 존재하지 않는다는 사실을 모를 리 없는 여자였지만, 다 알고도 속아주고 싶은 순간이 있기 마련이니까요.

전화벨이 울린 건 그런 평화로운 날 중 하루였습니다. 수화기 너머로 죽음의 기운에 사로잡힌 낯설고 가녀린 목소리가 들려왔습니다.

"거기 제 딸이 있나요?"

그 말이 모든 걸 바꾸었습니다. 여자는 침묵했습니다.

"그곳에 제 딸, 수리가 있다면 엄마가 찾고 있다고 꼭 전해주세요. 남편은 재산을 탕진하고 오랜 도피 생활 끝에 얼마 전 생을 마감했습니다. 오래도록 병상에 있던 저는 그 소식을 이제야 들었고, 딸아이를 찾고 있어요. 남편의 사망 보험금이 나온 덕에 치료하고 다시 그 애와 함께 살 수 있게 되었거든요. 혹시 남편이 당신에게 돈을 빌렸다면……."

여자는 더 이상 말을 듣지 않고 전화를 끊었습니다. 그리고 전화가 왔다는 사실을 비밀에 부쳤습니다. 혹여 또 전화가 걸려올까 싶어 전화선을 끊어버렸고, 원래도 굳게 잠겨 있던 출입문에 자물쇠를 하나 더 달았죠. 심장이 튀어나올 것처럼 뛰었습니다.

그럼에도 불안이 가시지 않아 외출하고 돌아오는 아이를 다그쳤습니다. 여자의 단속은 몇 날 며칠 동안 이어졌어요.

아이는 그런 여자를 이해할 수 없었습니다. 원래 사람이란, 그러지 말라 하면 더 그러고 싶은 마음이 드는 존재인지라 아이는 매일 더욱 오래 밖을 나돌았습니다. 그럴수록 여자는 초조해졌고 아이를 혼냈습니다. 딸은 답답했습니다. 그가 오래도록 밖을 돌아다니는 것은 여자에게 더 많은 바깥세상의 이야기를 들려주고 싶었기 때문이었거든요.

여자의 손과 발과 눈이 되어 밖을 나돌았던 아이는 여자와 함께 더 많은 시간을 나누고 싶었고 빠르게 변해가는 세상에 위협감도 느꼈습니다. 어렸을 때 근방에서 제일 높은 건물이었던 탑은 이제 급히 솟아오르기 시작한 고층 빌딩들 사이에서 아주 볼품없이 존재할 뿐이었죠. 변하지 않는 것이 있다면 여자의 미모였습니다. 탑 안의 여자는 꼭 시간의 영향을 받지 않는 사람처럼 그대로 아름다웠어요.

그러는 사이 어린아이였던 딸은 무럭무럭 자라 어느덧 스무 살 생일을 맞이했습니다. 이제 둘은 모녀보다는 자매에 가까워 보였습니다. 더 이상 아이가 아니게 된 딸은 바라는 걸 말해보라는 여자에게 아끼고 아꼈던 소원을 말했습니다.

"저는 당신과 함께 탑 밖으로 나가고 싶어요."

여자는 단칼에 거절했습니다.

"그럴 순 없다. 밖에는 우리를 위협하는 자들이 있어."

딸은 반발심이 들었어요.

"그들은 당신의 얼굴을 보고 싶은 것뿐이랍니다. 혹 보복이나 위협을 가하려는 자가 있거든, 더 큰 장정을 고용해 데리고 다니면 돼요. 그런 이들은 더 큰 자가 옆에 있으면 꽁무니를 빼고 도망가기 마련이죠. 고작 눈먼 도박꾼들 때문에 평생을 탑 밖으로 나가지 않는 건 너무 억울하지 않나요? 제가 이야기해준 마트의 엄청난 물건들과 통통하고 난폭한 길고양이들과 불투명한 호수를 보고 싶지 않나요?"

여자는 사실 오래전부터 아이와 함께 밖에 나가고 싶었답니다. 하지만 불안의 이유가 바로 한 통의 전화라는 걸, 네 진짜 엄마가 너를 찾고 있다는 사실을 끝내 입 밖에 내지 못했습니다. 무엇보다 여자는 아이를 잃게 될까 봐 두려웠어요. 매일 밤 아이가 자신을 버리고 탑을 떠나는 꿈을 꾸었습니다. 이 두려움이 모든 걸 망치게 되리라는 걸 직감하면서도, 어쩔 도리가 없었습니다. 여자는 아이를 향해 차갑게 외쳤습니다.

"이제 너도 돌아다닐 필요 없다. 넌 여전히 내 담보품일 뿐이니, 네 부모가 돈을 갚기 전까지는 내 말을 들어야 해."

그리고 탑의 열쇠 꾸러미를 빼앗았습니다. 탑의 문에는 자물쇠가 하나 더 달렸죠. 딸의 스무 번째 생일 이후로 탑에는 두 명분의 숨이 오갔지만, 어째서인지 전과 같은 다정함은 찾아볼 수 없었습니다. 세상을 활발히 누비고 조잘조잘 떠들던 아이는 탑 안에 갇힌 후로 빠르게 시들어갔어요. 여자가 좋아하는 음식을 해주고, 온갖 보석과 귀한 것들을 선물해도 아무런 소용없었습니다. 딸은 순식간에 여자보다 늙어버린 듯했습니다.

그러던 어느 날이었어요. 남자가 딸을 품에 안고 찾아온 그날처럼, 방문자의 초인종 소리가 갑작스레 들려왔습니다.

여자는 투명 아크릴 너머로 찾아온 이의 얼굴을 확인했습니다. 둘 다 양복을 차려입은 남자인 것으로 보아 딸의 엄마는 아닌 듯했습니다. 그래서 안심하고 문을 열어주었습니다. 그들은 가면 같은 얼굴로 각각 보험회사 직급과 로펌의 이름이 찍힌 명함을 내밀었습니다. 그리고 용건을 전했습니다.

"이 곳에 백수리 님이 살고 있다는 걸 압니다. 유수안 님이 사망하셨으므로 따님인 백수리 님에게 사망보험금이 지급될 예정이오니, 서류에 사인을 해주시지요. 백수리 님은 어디 계십니까?"

"이것은 고 유수안 님의 일기이자 유언장입니다.

3년 전, 따님이 만남을 거부하신 이후로 매일같이 눈물을 흘리며 편지를 남기셨습니다. 꼭 전해주시길 바랍니다."

여자는 이곳에 백수리라는 이름의 사람은 없다며 남자를 매정하게 내쫓았습니다. 그리고 떨리는 손으로 탑의 출입문을 하나하나 잠궜습니다. 더 이상 누구에게도 문을 열어주지 않겠다고 생각했어요. 그러나 딸은 탑의 저 높은 계단 난간에 서서 그 모습을 지켜보고 있었습니다. 위로 좁고 긴 탑에는 늘 그랬듯이, 아주 작은 목소리도 메아리처럼 울려 퍼졌으니까요.

지친 딸은 배신감에 휩싸였습니다. 친 엄마의 죽음보다도 여자의 행동이, 여자의 거짓말과 여자의 대처가 그를 더 화나게 했습니다. 그날 새벽에 딸은 이불과 커튼과 카펫을 엮어 만든 밧줄을 몰래 꺼냈습니다. 창밖으로 던지고 보니 타고 내려가기엔 아주 약간 부족했습니다. 그래서 가위를 가져와 긴 머리를 잘랐답니다. 여자를 동경하며 그처럼 되고 싶어 아주 오래오래 길렀던 머리카락을요. 그리고 그 머리카락을 밧줄에 엮어 길이를 늘린 후, 그것을 타고 탑을 빠져나갔습니다. 아침 해가 떠오르고 여자는 도마뱀의 꼬리처럼 남은 밧줄을 황망히 마주했습니다. 아이와 함께했던 모든 물건이 빼곡한 와중에 오로지 아이만이 자취를 감추었죠. 여자는 그렇게 다시 혼자가 되었습니다.

***

혼자 남은 여자는 오랫동안 아이를 기다렸습니다. 전당포는 더 이상 운영하지 않았고, 그저 높은 창밖으로 긴 머리카락을 늘어뜨린 채 밖을 내다볼 뿐이었습니다. 그런 여자의 눈빛이 너무 슬퍼 탑 밖의 도박꾼들은 함께 눈물을 흘렸습니다. 여자의 머리카락은 여자가 슬프고 외로운 만큼 계속 계속 자랐어요. 어느 날, 여자를 아주 오랫동안 바라본 남자가 나타나 탑 아래서 외쳤습니다. 당신의 표정이 너무 슬퍼 견딜 수가 없으니, 눈물을 닦아주겠다고요. 남자는 꼭 바랜 기억 속 첫사랑을 떠오르게 했고, 첫사랑을 꼭 빼닮았던 아이를 떠오르게도 했습니다. 후회와 외로움에 지친 여자는 창밖으로 길고 긴 머리카락을 늘어뜨렸습니다. 남자는 여자의 머리카락을 붙잡고 탑을 올랐습니다. 꼭대기 층 방에 도착한 그는 여자에게 사랑을 속삭이고 눈물을 닦아주었죠. 하지만 남자는 첫사랑도 아이도 아니었으므로 여자의 외로움은 낫지 않았답니다. 여자는 아주 오래전 아이에게 그랬듯이 남자를 향해 말했습니다.

"나는 당신에게 좋은 식사를 주고 좋은 옷을 입히고 잘 보살필 거야. 대신 당신은 내 손과 발과 눈이 되어 나에게 탑 밖의 이야기를 들려주어야 해."

남자는 고개를 끄덕였고 세상의 모든 아름다운 사랑 이야기를 긁어모아 들려주겠다고 맹세했습니다. 매일 밤 여자는 남자의 이야기를 들으며 아이를 떠올렸어요. 남자가 들려주는 이야기는 항상 누군가 크게 위험에 빠지고 또 멋지게 극복하고 사랑하고 망하고 죽고 죽이는 이야기였습니다. 여자는 그런 이야기들보다 간혹 웃음이 나오고 듣다 보면 졸음이 몰려오는 그런 이야기를, 그런 이야기를 조용히 읊조리는 목소리를 듣고 싶었습니다. 남자는 쉽게 영원을 입에 담았지만, 여자는 도박꾼들에게 돈을 내어줄 때처럼 무감각하게 창밖을 바라볼 뿐이었답니다.

심장이라도 내어줄 것처럼 굴던 남자의 마음은 오래가지 못했습니다. 슬롯의 마녀가 선택한 유일한 남자라며 으스댔고, 여자의 돈을 멋대로 가져다 카지노에 탕진했습니다. 자주 술을 마시고 돌아왔고, 어떤 이야기도 해주지 않은 채 곯아떨어지곤 했죠. 여자는 화가 났습니다. 아이가 조잘조잘 떠들어주던 바깥 이야기가 그리웠어요. 평소처럼 남자가 카지노에 돈을 쓰고 술을 마시고 돌아온 어느 날, 여자는 탑 문을 잠갔습니다. 남자가 탑 아래에서 문을 열어달라며 외쳤습니다. 여자는 처음에 그랬듯이 탑의 창문으로 들어오라며 긴 머리카락을 늘어뜨려주었습니다. 남자는 여자의 머리카락을 타고 오르기 시작했어요. 이윽고 그가 탑의 꼭대기 창문에 거의 다다랐을 때, 여자는 무감각한 눈빛으로 가위를 들어 머리카락을 잘랐습니다. 남자는 비단실처럼 고운 머리카락들과 함께 추락했습니다. 그리고 다시 탑에 오를 수도, 눈을 뜰 수도 없는 몸이 되어버렸답니다.

잘려나간 여자의 머리카락들은 탑 주변 곳곳에 떨어져 뾰족한 가시덩굴로 바뀌었습니다. 남자의 추락을 목격한 도박꾼들은 모두 뿔뿔이 흩어져 도망쳤고, 남자의 시체는 백골이 되도록 썩어갔습니다. 두려움에 떨며 도망친 도박꾼들이 퍼뜨린 마녀에 대한 소문이 온 도시를 휩쓸었습니다. 주변에 지켜보는 이들이 아무도 없게 되자, 여자는 비로소 탑 밖으로 나올 수 있었어요. 그리고 짧아진 머리를 꽉 동여매고 아이를 찾아 헤매기 시작했습니다. 발길

닿는 곳마다 가시덤불로 변한 자신의 머리카락들이 상처를 입혔고, 곱던 피부는 어느새 상처투성이로 변해버렸죠. 여자는 매일 밤 아이가 해주던 이야기를 떠올리며, 그 풍경을 찾아 도시를 떠돌았습니다. 그렇게 홀로 커다란 마트와 통통하고 난폭한 길고양이들과 오염된 하천을 눈에 담았습니다. 그것들은 아이가 이야기해준 것처럼, 정말 보잘것없고 지저분하며 또 아름답고 멋진 풍경이었습니다. 탑 밖으로 나온 여자는 축적된 시간을 되짚으며 한 발 한 발 나아갔어요. 그렇게 세월은 흐르고, 머리는 다시 길어졌으며 어느 순간 여자는 정말로 죽음의 기운을 내뿜는 마녀가 되어버렸습니다.

아이가 들려준 세상과 들려주지 않은 세상을 모두 돌아보았음에도 사라진 아이는 찾을 수 없었습니다. 그사이 카지노는 크기를 키워 더 큰 도시로 이전했고, 근방에는 높다란 신식 건물들이 하루가 멀게 생겨났습니다. 여자는 긴 여정 끝에 다시 탑에 돌아왔습니다. 그곳에는 안전복을 입은 공무원들이 탑 주위로 노란 테이프를 치며 재개발, 드높은 신축 브랜드 아파트, 같은 단어들을 내뱉었습니다. 여자는 탑의 수명이 얼마 남지 않았다는 걸 직감했습니다. 그리고 그건 자신 역시 마찬가지였습니다. 여자는 자신의 삶이 탑과 함께 끝날 것임을 알았습니다.

공무원들이 돌아가자 여자는 천천히 탑에 올랐어요. 나선형의 계단을 오르고 올라 퀴퀴하게 먼지 묵은 꼭대기 층 방에 도달했답니다. 혹시나 하는 기대와 함께 문을 열었지만, 여자를 반겨주는 건 곰팡내뿐이었습니다. 여자는 침대에 몸을 누이고 잠에 들었습니다. 눈을 깜빡하지도, 먹지도, 일어서지도 않은 채 아주 오랜 잠을요. 머리카락은 그동안에도 계속 자랐답니다.

그렇게 또 시간이 흐르고.

어느 날, 여자는 초인종 소리에 눈을 떴습니다. 창밖으로는 더 이상 하늘이 보이지 않았습니다. 온통 반질반질한 고층 빌딩의 창뿐이었죠. 노쇠한 몸을 일으킨 여자는 한 발 한 발, 계단을 내려가기 시작했습니다. 아주 오랜 시간이 걸렸어요. 그러다 딱 한 층이 남았을 때, 여자는 자신의 기다란 머리카락에 발이 걸려 미끄러지고 말았습니다. 1층으로 굴러떨어진 그는 간신히 일어서, 문을 열었습니다.

"당신은 여전히 이곳에 있었군요."

문 앞에 선 딸이 말했습니다. 두 사람은 더는 젊지도, 아름답지도 않았지만 단번에 서로를 알아볼 수 있었어요. 여자는 무슨 말이라도 하고 싶었지만, 너무 오래 소리를 내지 않은 탓에 목소리가 나오지 않았습니다. 딸은 과거에 그랬듯이 자연스레 탑 안으로 발을 옮겼습니다. 그리고 퉁퉁 부은 여자의 발목을 발견했죠. 그 시선에 힘이 풀려 넘어지고 만 여자를 딸이 등에 업었습니다. 그리고 꼭 아이가 처음 탑에 온 그날과 같이, 이번에는 여자를 업은 딸이 나선형 계단을 느리게 오르기 시작했습니다. 쉰 소리밖에 내지 못하는 여자를 향해 딸은 나긋이 말했답니다.

"오래전에 저는 당신을 용서할 수 없다고 생각했어요. 당신을 미워하고 저주하며 평생을 나돌았답니다. 당신의 아름다운 머리카락이 잘리는 상상을 했고, 그 잘린 머리카락들이 가시덤불이 되어 당신에게 상처 입히길 바랐어요. 그런데 우습게도 당신을 미워할수록 내 머릿속에는 당신밖에 남지 않더군요. 저는 더 멀리 갔고 그 먼 곳에서 마주한 풍경을 당신에게 어떻게 전하면 좋을지 생각했답니다. 드넓은 평야와 바다의 한복판을, 머리 위로 벽처럼 솟은 파도와 우주에 가기 위해 고군분투하는 인간을, 난생처음 맛본 식재료의 오묘함과 그 틈에 제가 꾸었던 꿈을요."

딸의 등에 여자의 가느다란 숨결이 닿았습니다. 나선형 계단을 오르는 그 순간, 여자와 딸은 놓쳤던 시간의 궤도를 되찾은 듯한 감각에 사로잡혔습니다. 여자는 있는 힘을 다해, 더듬더듬 소리를 내었습니다.

"너에게 하고 싶은 말이 아주 많았는데, 보다시피 너무 오랜 잠을 잔 탓에 다 잊어버렸구나. 너를 찾기 위해 돌아다니며 보았던 많은 풍경 역시 희미해졌어. 나는 이제 그저 병들고 미친 마녀일 뿐이지. 어쩌면 눈앞에 너 역시 내 안의 후회와 그리움이 만들어낸 환상일지도 모른다는 생각이 들어. 하지만 이게 환상이라면, 마지막으로 이런 환상을 볼 수 있다면 미치는 것도 나쁘지 않은 것 같다."

딸은 물었습니다.

"제가 돌아올 거라고 믿었나요?"

"믿지 않았단다. 그래도 기다릴 수밖에 없었어."

"기다렸다는 건 믿었다는 거나 다름없어요."

어느덧 꼭대기 층 방에 도착한 딸은 여자를 침대에 눕혔습니다. 방은 자신이 살았던 때와 하나도 다르지 않은 모습으로 먼지 속에 잠겨 있었죠. 딸은 여자의 이마에 짧게 키스한 뒤 속삭였습니다.

"길고 긴 이야기를 들려드릴게요. 이야기가 끝날 때까진 잠들지 말아요. 라푼젤."

몇 살 때인지 정확히 기억나지는 않는다.

아침밥을 먹으면서 디즈니 만화동산 비디오를 시청했었다.

어린이용 애니메이션치고는 내용이 칙칙했는데,

그래서 좋아했다.

비디오를 열 번은 넘게 보았는데,

놀라울 만큼 별 기억이 나지 않는다.

새빨간 야채가 유독 먹음직스러워 보였다는 것과

마녀가 불쌍했다는 것.

그리고 라푼젤의 부모가 재수 없었다는 감상이 전부다.

왕자는 사실 잘 기억나지 않는다.

세련된 2010년 버전이 아닌

만화동산 버전의 기억을 살려 이 이야기를 썼다.

마녀의 마지막을 누군가 지켜주었으면

좋겠다는 마음을 담아.

속초 도수치료 후기

모한기

모란기
소설집 《의인법》, 《바게트 소년병》, 장편소설 《홍학이 된 사나이》,
《나는자급자족한다》, 《가정법》, 중편소설 《인간만세》,
《산책하기 좋은 날》 등을 썼다.

§

살면서 가장 잘한 일은 소설 쓰기를 관두고 블로거
가 된 것이다. 성실히 포스팅한 것뿐인데, 1년이 흐르
니까 일일방문자 5만의 파워블로거가 됐고 광고 수
입도 짭짤해서 소설과 슬며시 인연을 끊게 됐다.

블로그의 장점. 거추장스러운 자의식이 필요 없
다. 신분을 감추고 있으니 정치 비평이나 현안 논평
도 가감 없이 가능하다. 전문 분야는 각종 행정 처
리 포스팅이다. 출생신고나 전자 개명처럼 성가시
게 여겨지는 행정 처리들 있지 않나. 이외에도 맛집
탐방은 일주일에 두어 개. 미드 감상은 한 달에 하

나쯤? 최근에는 업계에서 꽤 유명해졌다. 강의 요청이나 유튜브 방송 섭외도 자주 들어오는데 매번 거절한다. 마지막 남은 소설가로서 자존심.

반대로 가장 후회되는 일은 여전히 글쓰기에서 벗어나지 못한 것이다. 어쩌나 저쩌나 글밥 먹는 건 똑같아서 하루에 대여섯 시간 노트북 앞에 앉아 있는 건 마찬가지다. 본격적으로 글을 쓴 지 10년. 30대 중반에 다다르니 허리가 망가져버렸다. 아직 젊으니까 버틸 만했는데 ww가 네 살이 되고 10킬로그램이 넘으면서 요통이 심해졌다. 그래도 아이가 상처받지 않게 아빠가 이제 너를 안지 못하는데 어쩌니? 라고 어떻게 말하나 정도를 고민했지, 허리 사정을 그리 심각하게 받아들일 준비는 되지 않은 상태였다. 그런데 작년 가을 3박 4일 일정으로 속초 여행을 갔을 때 사달이 났다. 아파트 지하주차장에서 아이를 안아 차에 태우다가 허리를 삐긋한 것이다. 처음에는 통증이 그리 심하지 않아서 대수롭지 않게 여긴 채 운전을 강행했는데 판단 착오였던 모양이다. 호텔에 도착해 차에서 내린 뒤에는 아예 자리에 주저앉아 일어서지 못했고, 시큐리티 직원의 도움을 받고서야 겨우 숙소까지 올라갈 수 있었다. 그 뒤 진진과 ww는 콜택시를 불러 속초 시내 관광을 떠났고, 나는 킹사이즈 침대를 독차지한 채 고통에 몸부림쳤다. 아마 전업한 후 블로그 포스팅을 하지 않은 첫날이 아닐까 싶다.

ww가 아빠와 해변에서 모래성을 쌓고 싶다고 산타할아버지에게 기도까지 했건만, 이튿날에도 허리는 회복되지 않았다. 진진이 미련하게 낑낑대지만 말고 병원을 가보라고 했고, 나는 속초 허리 통증을 키워드로 평이 가장 좋은 정형외과를 찾았다. 도수치료 명의. 기적과도 같은 치료. 속초 의료관광의 메카. 알바를 고용한 것 같은 한 줄 평들이 달려있었다. 홈페이지를 클릭하니까 도수치료사의 프로필이 나와 있었다. 도수치료의 본고장 달라스 대학교 출신. 트럼프의 주치의이자 전설의 도수치료사 윌리엄 E. 모건 교수의 수제자. 나는 믿지 않고는 버틸 수 없었다. 속초에서 이 사람 말고 내 허리를 고쳐줄 사람은 없다는 것 말이다.

진진과 ww가 설악산 케이블카를 타러 간 뒤 콜택시를 불러서 속초 시내로 향했다. 기적이 일어나 저녁에는 가족들과 바다가 내다보이는 횟집에서 물회 먹기를 염원하면서. 병원에 도착해 엑스레이를 찍고 진단을 받아보니 별거 아니었다. 만성 허리디스크. 염좌. 뭐 이런 것들. 심드렁한 표정이 얼굴에 밴 듯한 의사는 내게 수술할 정도는 아니지만, 고통이 극심할 테니 도수치료를 받아보라고 심드렁한 어투로 권했다.

도수치료실은 만원이었다. 대기실에는 노인이 그득했는데, 그들은 울상을 지으며 들어왔다가 치료를 받고는 웃으며 나갔다. 나는 제발 나도 저렇게 됐으면 좋겠다고 생각했다가 고통을 감내하며 세 시간 정도 대기했을 즈음에는 도수치료사님이 무조건 허리에 은혜를 베풀어주실 거라고 신앙 간증을 하기 이르렀다. 어느덧 해가 저물었고, 진진은 ww가 흥게 딱지에 든 밥을 먹는 사진을 보내왔다. 그 무렵이었다. 마지막 환자가 떠나가고 드디어 내 이름이 불린 건.

도수치료사는 평범한 중년 아저씨 이상도 이하도 아니었다. 비범한 인간이라고 뽐내는 듯한 날카로운 눈빛만은 그나마 인상적이었던 것 같다.

작가죠?

도수치료사가 나를 보며 씩 웃었다. 나는 깜짝 놀라 어떻게 알았냐고 했다. 일일이 설명하기 귀찮았다. 게다가 블로거도 작가라면 작가지 않나.

작가는 걸음걸이부터 시니컬하거든요.

도수치료사가 덧붙였다. 궤변 같지만 뭔가 꿰뚫어 보는 지점이 있다고 생각하면서도 대꾸는 하지 않았다. 도수치료사는 침대에 엎드리라고 권한 뒤

내 허리에 손바닥을 대 여기저기 누르면서 뜬금없이 베르나르 베르베르가 왜 매년 내한하는지 알고 있냐고 물었다. 나는 별생각 없이 프랑스보다 한국에서 책이 더 많이 팔리니까 그런 거 아닐까요? 라고 물었다. 갑자기 도수치료사가 핸드폰을 꺼내 베르나르 베르베르와 찍은 셀카을 보여줬다. 나는 혼란스러웠다. 통증도 통증이지만 마지막 희망이던 도수치료실에서 도수치료사와 베르나르 베르베르의 셀카를 보고 있다는 게 문예창작학과로 전과한 뒤 처음 시 창작 강의를 들었던 때처럼 무언가 망해버렸고 더 이상 돌이킬 수 없을 듯한 기분이 들었다.

작가치고는 눈치가 없군요.

도수치료사가 히죽거렸다. 내가 작가와 눈치의 상관관계에 대해 생각하는 동안, 도수치료사는 베르나르 베르베르가 극심한 목 디스크를 앓고 있고 매년 속초에 와서 자신에게 도수치료를 받고 간다고 이야기했다. 자기 자랑이 뒤를 이었다. 미국 최고의 도수치료사에게 전수받은 것, 도수치료에 한

의학과 사주를 접목한 것, 신내림 받은 무당처럼 본인이 영험하다는 것. 그게 베르나르 베르베르가 스타 작가가 된 비결이라나 뭐라나.

어쩌면 당신은 대문호가 될 기회를 잡은 것 같군요.

도수치료사가 읊조렸다. 한국에서야 베르나르 베르베르가 베스트셀러 작가라지만, 프랑스에서는 개차반이라는 건 말해주고 싶었으나, 요통이 극에 달해 더 이상 말할 기운도 나지 않아서 고개를 주억거리기만 했다.

체외충격파치료, 고주파온열치료, 도수치료를 차례로 받았다. 생전 처음 느껴보는 고통이었다. 도수치료사가 내 등에 팔꿈치를 문대며 땀을 뚝뚝 흘리는 게 느껴졌는데도 찝찝하지 않을 만큼 고통이 가득한 채로 한 시간 동안 비명을 질렀다. 도수치료사는 근 20년 동안 속초에서 도수치료를 했는데 항만 노동자보다도 내 허리 상태가 좋지 않다고 잔소리를 했고, 나는 연신 죄송합니다, 잘못했습니다, 를 외쳤다. 그날 도수치료를 받으며 갖가지 생각을 했던 것 같다. 소설 쓰는 고통은 여기에 비하면 아무것도 아니다. 이것이야말로 진짜 삶의 고통이다. 심리적, 정신적 고통은 명함도 못 내민다. 육체적 고통을 느끼지 않는 약. 이게 바로 미래의 비전이다.

치료가 끝났다. 나는 도수치료사의 지시대로 자리에서 일어나 허리를 굽혀보기도 했고 걸어보기도 했다. 확실히 고통은 사그라든 상태였다.

서울에도 나만 한 사람이 없을걸요?

도수치료사가 만면에 웃음을 띠었다. 도수치료사는 허리 디스크 치료는 장기전이라며, 회복세는 잠시 이제 곧 허리 통증이 다시 시작될 거고 방사통으로 둔부와 다리도 저릴 텐데, 이왕 여기까지 온 거 어차피 실비 보험이 되니까 200만 원 상당의 10회 패키지 치료를 받고 가는 게 좋을 것 같다고 은근히 꼬셨다. 나는 속으로 이 정도 회복했으면 운전해도 될 것 같은데, 이 도수치료사가 유달리 아프게 하는 것 같기도 하고, 그냥 이대로 견디다가 서울에 올라

가서 침이나 맞자 생각하면서도 혹시나 내 가여운 허리를 볼모 삼아 인질극을 벌일까 봐 애써 긍정적으로 생각해보겠다고 둘러댔다.

겁이 많나 봐요?

그때 내 마음을 읽은 듯 도수치료사가 말했다. 겁이 많은 사람이 유달리 고통을 많이 느끼는지 생각하고 있을 때 도수치료사가 책상에 꽂혀 있던 책을 내게 건넸다. 《Study of manual therapy and psychological inspiration》이라는 제목의, 달라스대학교 인장이 달린 논문이었다. 나는 이게 뭐냐고 물었다. 도수치료사는 지도교수와 함께 쓴 논문이라며 마지막 파트를 열어보라고 했다. 목차를 훑어봤더니 마지막 파트의 제목은 'Pain'이었다.

How to reduce pain… Manual therapy is physical therapy, so anesthesia is impossible. Get a mouse and lock it in a secret room. Cut your nails and toe nails and put them in the secret room…

생쥐? 밀실? 손톱? 발톱? 나는 영문 학술 용어를
띄엄띄엄 해석하다가 답답해져서 이게 무슨 말이
냐고 물었다. 도수치료사는 10회 등록 시 제공하는
특별 옵션이라며 눈을 가늘게 뜬 채 나를 설득하기
시작했다. 이 사기꾼 드디어 본색을 드러내는군. 파
워블로거의 위력을 보여주겠어, 라고 생각했을 때
였다. 갑자기 허리통증이 폭죽처럼 번져나갔다. 나
는 겸손해진 채 자리에 주저앉아서 당장 10회를 등
록해주고 옵션을 실행해달라며 신용카드를 내밀었
다. 도수치료사가 환불은 불가능하다고 엄포를 놓
았는데도 나는 홀린 듯 결제를 해버렸다.

도수치료사는 나를 치료실 옆방으로 안내했다.
문을 여니까 컴컴한 다섯 평가량의 방이 나왔다. 창
고처럼 큼큼한 냄새가 나는 가구 없이 텅 빈 방이었
다. 도수치료사는 내게 손톱깎이를 하나 건네더니
문을 닫아버렸다. 완벽하게 고요한 밀실. 달아날 기
운이 있을 리 만무한 디스크 환자. ww에게 읽어주

던 《오싹오싹 팬티!》의 재시퍼가 된 듯 나는 어둠의 귀퉁이에 몰린 채 공포에 몸서리쳤다. 벽에 등을 대고 앉자, 벽을 타고 활보하는 한기가 온몸을 저릿하게 만들었고, 어느 순간 정신이 번뜩 들었다. 고통에 비하면 공포는 아무것도 아니야. 나는 이렇게 중얼거리며 손톱을 자르기 시작했다. 그때 어디선가 작은 생명체가 돌아다니는 듯한 소리가 들렸다. 연이어 찍찍대는 쥐 소리 같은 것도 들렸다. 나는 세상의 모든 신에게 기도하기 시작했다. 신이시여, 신용카드를 바쳤으니 고통과 공포 모두 걷어 가시옵소서!

생각보다 걸을 만했다. 무사히 밀실에서 벗어난 뒤 속초 시내를 절뚝대며 걷다가 진진에게 연락을 하니까 ww가 칭얼거려서 일찍 숙소로 돌아왔다고 했다. 택시를 부를까 하다가 컨디션이 돌아온 것 같아서 중앙시장에 들러 요기를 한 뒤 블로그에 올릴 사진을 찍었다. 무리했는지 숙소에 도착하자 허리가 다시 아프기 시작했다. 진진은 이틀만 버티면 서울로 올라가니 참으라고 달랬다. 나는 도수치료 명의에 대해 이야기하며 속초에 머물며 좀더 치료를 받고 싶다고 했다. 서울에도 널리고 널린 게 도수치료다, 일단 올라가서 치료받자, 걸을 정도는 되지 않냐, 진진이 반대했다. 허리 디스크를 경험해보지 않았으면 말을 마라, 장시간 운전할 자신이 없다, 나는 받아쳤다. 이미 10회를 등록했다고, 이참에 길게 휴가를 내고 함께 속초에 머무는 게 어떻게냐고 제안하자 진진은 이럴 줄 알았으면 운전면허를 따두는 건데, 라며 인생을 참회하기 시작했다. 매일 매일 공휴일인 너와 달리 나는 잘리지 않으려면 출근해야 한다, 코로나 상황에 어떻게 애랑 버스나 기차를 타고 가냐, 진진이 쏘아붙였다.

나는 알아서 갈 테니까 너랑 ww 둘이 속초에 남을래?

공방전 끝에 진진이 카운터펀치를 날렸다. 나는 이성을 되찾았다.

다음 날이었다. 도수치료사의 말대로 둔부와 종
아리에 통증이 번져서 컨디션과 기분 모두 다운됐
다. 도수치료실에 들어갔는데 도수치료사는 누군
가의 허리를 매만지고 있었다. 178센티미터에 살
집이 조금 있는 남자였는데, 엎드린 채 고통에 찬
신음을 내뱉고 있었다. 나 말고도 아프다고 소리 지
르는 사람이 있구나, 역시 도수치료는 힘든 거였어,
그런데 앞 차례가 아직 안 끝났나 보네, 왜 내 이름
을 불렀지, 라고 생각하며 실례했다고 차례가 되면
들어오겠다고 나가려는 순간, 도수치료사가 나를
잡아 세웠다.

선생님이잖아요.

도수치료사가 씩 웃었다.

네?

내가 되물었다.

본인이시라고요.

도수치료사가 침대에 엎드려 있는 남자를 가리켰다.

저라고요?

내가 되물었다.

네, 당신이요.

도수치료사가 대답했다. 나는 뭔가 이상하다는 것을 깨닫고 치료받고 있는 남자를 물끄러미 바라봤다. 그랬더니 그 남자도 엎드린 채 고개를 치켜들어 나를 바라봤다. 묘하게 나를 노려보는 것 같은 모양새였다. 그때 나는 자리에 주저앉을 뻔했다. 둥근 얼굴. 가늘고 긴 눈. 눈가의 주근깨. 목선을 뒤덮는 장발. 놀랍게도 바로 나였다. 도수치료사는 너털웃음을 지으며 자리에 앉아 구경이나 하라고 했다. 나는 넋을 놓은 채 의자에 앉았다. 그때 도수치료사가 팔꿈치로 남자의 우측 둔부를 꾹 눌렀다. 나는 고통에 찬 단말마를 내뱉었다. 아, 내가 아니라 치료받고 있는 남자. 내가 한상경이니까 편의상 한상경A라고 부르겠다.

어때요?

도수치료사가 나를 힐끗 보며 물었다. 그제야 나는 내 몸에 무언가 변화가 일어나고 있다는 것을 캐

치했다. 허리가 호전되고 우측 다리를 감싸던 방사통이 사라지는 게 슬로모션처럼 느껴졌다. 신기하게도 고통은 없었다. 한상경A는 계속해서 비명을 지르고 있었지만 말이다. 도수치료사는 내 생각을 읽었는지 테스트해보라고 했다. 나는 일어나서 걷고 뛰고 심지어 스쿼트까지 했다. 새 척추라도 이식받은 것처럼 상쾌했다. 나는 무슨 일이냐고 물었다. 도수치료사가 쉿 하며 손가락을 입에 댔다. 영업 비밀이라며 외부에 유출하지는 말아달라고 해서 논문, 밀실과 관련이 있다는 것 정도만 밝힌다.

얼마 지나지 않아 나는 한상경A의 도수치료에 흥미가 떨어졌다. 아빠의 암 투병, 마이너스 통장 만기, 멀어진 인간관계…… 멍하니 앉아 있으니 요통에 묻혀 있던 삶의 아픔이 슬며시 떠올랐다. 나는 잡념을 떨쳐버리기 위해 핸드폰을 켜고 블로그에 접속했다. 며칠 동안 게시물을 올리지 못해서 방문자 수가 많이 줄어 있었고 광고 수입도 반 토막 난 상태였다. 일단 어제 찍은 속초중앙시장 방문 후기와 여행 중 허리를 다쳐서 본의 아니게 요양 중이라는 포스팅을 쓴 뒤 내가 포스팅을 하지 않아 걱정하는 소수의 이웃에게 댓글을 달았다. 대다수 이웃은 방문하지 않는 것으로 대응했는데 이 방식이 지극히 자본주의적이라고 생각하는 한편 논리적이라는 생각도 들었다. 문득 10년 동안 5권의 책을 낸 뒤 절필해버린 소설가 한상경을 독자들은 어떻게 기억하고 있나 궁금해졌다. 네이버에 내 이름을 검색해보니까 쥐도 새도 모르게 사라진 소설가 한상경, 이라는 제목의 포스팅이 눈에 띄었다. 들어가 보니까 한상경을 괴상하지만 그래도 재능 있는 소설가로 기억하고 있어서 코끝이 시큰했다. 재미있는 것하나. 알고 보니, 그는 내 블로그 이웃이었다. 문득 마음 깊은 곳에서 묵직한 감정이 요동쳤다. 이 세상은 과거의 나를 기억하지만, 현재의 나를 몰라보고 있었다. 그렇다면 나는 이 세계에서 진짜 사라진 건가. 지금 이 세계에 존재하는 나는 누구인가. 그렇다면…… 그렇다면……

　도수치료가 끝났다. 한상경A는 땀에 흠뻑 젖은 채 일어나서 나를 아래위로 훑어봤다.

　안녕하세요.

　나는 얼떨결에 한상경A에게 인사를 건넸다.

　안녕하세요.

　한상경A도 나에게 인사를 건넸다. 소름 돋을 만큼 나와 흡사한 목소리였다. 차이점이라면 로봇처럼 감정이 느껴지지 않는다는 것? 언제 또 도플갱어를 만날까 싶어서 한상경A에게 뭘 물어볼까 생각하고 있을 때, 한상경A는 쓱 밖으로 나갔다. 나는 도수치료사에게 한상경A는 어디로 가는 거냐고 물었다. 도수치료사는 어깨를 으쓱하며 알아서 하겠죠, 애도 아니고, 라고 답하곤 허리는 어떠냐고 물었다. 나는 통증이 거의 느껴지지 않을 만큼 많이 좋아졌다고 했다. 도수치료사는 허리라는 게 하루 좋아졌다가 하루 나쁘다가 한다며 베르나르 베르

베르처럼 속초에 요양을 왔다고 생각하면 마음이 편할 거라고 했다. 나는 사정을 설명하며 미안하지만 환불이 가능하냐고 물었다. 도수치료사는 표정이 굳어졌고 나는 다시 한번 읍소했다. 그러자 도수치료사는 냉정하게 이미 옵션까지 실행했으니 환불은 불가능하다며, 허리를 완벽하게 치료하려면, 그것도 고통 없이 치료하려면 환자의 결단이 필요하다고 했다. 내가 주저하자, 이 상태로 서울로 갔다가는 요통이 도질 거라는 협박이 이어졌다. 마음이 흔들렸다. 묘수가 떠오른 건 그때였다. 나는 나를 하나 더 만들 수 있냐고 물었다. 도수치료사는 고민하다가 사정을 봐서 3회 추가 등록하면 가능하다고 했다. 참고로 두 번째 밀실 행은 그리 무섭지 않았다. 어느 정도 고통일지 알고 하는 수술처럼 말이다.

그날 저녁, 나는 홀로 항만을 떠돌다가 생선구이 백반을 먹었다. 숙소로 돌아가기 전에는 인적 없는 해안가를 거닐며 모처럼 여행다운 여행을 즐겼다.

그때 저 멀리 부둣가에서부터 어떤 성인 남성이 네 발로 나를 향해 달려오는 게 보였다. 나는 깜짝 놀라 달아나려 했지만, 발이 떨어지지 않았다. 그는 순식간에 앞에 도착해서 나를 노려봤다. 그 정체불명의 기인과 눈을 마주 보는 순간 심장이 멎는 줄 알았다. 그는 바로 나였다. 아니, 한상경A였다. 한상경A는 들쥐처럼 두리번거리며 나를 경계하더니 금세 해안가에 널브러진 죽은 생선을 향해 달려가서 게걸스럽게 뜯어 먹기 시작했다.

상경아.

내가 불렀다. 한상경A가 나를 잠시 바라보며 입을 오물거리더니 다시 생선에 코를 박았다.

한상경!

내가 외쳤다. 그리고 발을 구르며 한상경A에게 다가가는 시늉을 했다. 한상경은 후다닥 도망가더니 주차장 건물 뒤편에 숨었고 이쪽을 내다보며 내가 사라지기만을 기다렸다. 나는 근처 약국에서 쥐덫을 사 해변 곳곳에 설치한 뒤 떠나는 척을 했다.

그러자 한상경A는 다시 해안가로 내려와 돌아다니다가 쥐덫에 걸렸다. 나는 한상경의 뒷덜미를 움켜쥔 채 택시에 태워 숙소로 데리고 왔다. 그리고 주차장으로 끌고 가서 차 운전석에 앉혔다. 거세게 몸부림치던 한상경은 매점에서 군것질 거리를 한가득 사다 주니까 금세 얌전해졌다.

한상경, 잘해. 알았지?

내가 말했다. 한상경A는 눈을 껌뻑이며 고개를 끄덕였다.

다음 날 아침, 한상경A가 운전하는 차에 진진과 ww가 올라타는 걸 멀리서 바라본 뒤 도수치료를 받으러 갔다. 방에 갔더니 한상경B가 도수치료를 받고 있었다. 예의 그 고통에 찬 신음이 들렸다. 나는 블로그에 어제 먹은 생선구이 백반 사진을 업로드하기 시작했다.

아주 오래전부터

손톱을 자르며 중얼거리곤 했다.

나타나라, 나타나라, 나타나라!

새그물을 뒤집어쓴 엘제

김미월

김미월

소설집 《서울 동굴 가이드》, 《아무도 펼쳐보지 않는 책》,
《옛 애인의 선물 바자회》, 중편소설 《일주일의 세계》,
장편소설 《여덟 번째 방》 등을 썼다.

§

엘제는 어릴 때부터 눈에 띄게 영리했습니다. 두 살 때에 이미 햇빛의 방향과 그림자의 길이를 보고 시간을 짐작할 수 있었고, 세 살 때에는 아무리 길고 복잡한 노래도 한 번 듣고 그 자리에서 완벽하게 따라 부를 수 있었습니다. 게다가 한 번 본 것은 절대 잊지 않았지요. 아랫마을 목동과 윗마을 목동의 양 떼들이 한데 섞여 풀을 뜯고 있으면 양들의 생김새를 보고 어느 양이 어느 목동의 소유인지 정확히 알아맞힐 정도였습니다.

엘제의 아버지는 기회가 있을 때마다 사람들 앞에서 자신의 막내딸에 대해 자랑스럽게 말하곤 했습니다.

"엘제는 머릿속에 실타래가 들어 있소. 실처럼 헤아릴 수 없이 많은 지혜가 있지만 단 한 올도 헝클어지지 않게 잘 감아놓은 실타래 말이오."

그러면 엘제의 어머니도 얼른 맞장구를 쳤습니다.

"맞아요. 엘제는 골목에서 바람이 달리는 것을 볼수 있고 파리들이 기침하는 소리도 들을 수 있는 신통한 아이랍니다."

하지만 엘제가 문자를 읽고 쓰게 되면서 책에 눈을 뜨자 부모는 조금 당혹스러워졌습니다. 가공할 속도와 집중력으로 손에 닿는 모든 책을 탐독하기 시작한 막내딸이 툭하면 엉뚱한 질문을 던졌기 때문입니다.

"왜 돌은 돌이라 부르고 열매는 열매라 불러야 하나요? 그런 건 누가 정했나요?"

"낙엽이 떨어지는 것은 자살인가요, 타살인가요?"

"점, 선, 면을 어떻게 구분할 수 있나요? 사실 점

은 아주 작은 면 아닌가요? 선도 아주 가느다란 면 아닌가요?"

부모는 매번 한숨을 쉬었습니다. 일찍이 엘제의 오빠와 언니는 그렇지 않았거든요. 책은 쳐다보지도 않았고 질문하기를 좋아하지도 않았습니다. 엘제의 오빠는 먹는 것 혹은 마시는 것에만 관심을 보였습니다. 그러다 보니 배불리 먹고 마시기 위해 돈을 모으는 일에도 관심을 갖게 되었습니다. 언니로 말하자면 딱히 무엇에 흥미가 있는지도 모를 만큼 항상 조용하고 얌전했습니다. 질문을 하기는커녕 질문을 받아도 제 의견을 똑 부러지게 내놓기보다 그저 손으로 입을 가리고 배시시 웃는 쪽이었답니다.

그랬던 두 사람은 적당한 때가 되자 각각 적당한 배우자를 만나 가정을 이루었습니다. 한마디로 제대로 된 사람 구실을 하며 살고 있었습니다. 하지만 엘제는 결혼 적령기에 이르렀는데도 외모를 가꾸거나 요리 연습을 하기보다 방구석에 틀어박혀 철학, 물리학, 문학, 수학, 역사학 등 분야를 가리지 않고 책만 읽었습니다.

수학책을 들여다보는 엘제에게 아버지는 말했습니다.

"얘야, 그까짓 미분 적분이 다 무슨 소용이냐. 여자는 가족 수에 맞게 빵을 나눌 수 있고 소젖을 몇 양동이 짰는지 셀 수만 있으면 된단다."

철학책을 들여다보는 엘제에게 어머니는 말했습니다.

"얘야, 철학인지 개똥인지 다 집어치워라. 여자는 생각할 시간에 부지런히 몸을 움직여야 해. 새는 어린 것이 지저귀고 집안일은 여자가 하는 법이거든."

엘제는 고분고분 책을 덮은 후 부모에게 물었습니다.

"그러면 책을 읽는 대신 저는 앞으로 무엇을 해야 할까요?"

"그야 당연히, 결혼이지."

부모가 동시에 한목소리로 대답했습니다.

"결혼이요?"

"그래, 결혼. 결혼을 해야지."

부모는 엘제가 영리한 것은 사실이지만 애석하게도 그 영리함이 집안 살림을 윤택하게 하거나 출세에 보탬이 되는 따위의 실용성과는 거리가 멀다는 점이 못내 신경 쓰였습니다. 그런 반쪽짜리 영리함을 가진 신부를 원하는 남자는 없을 테니까요. 만약 엘제가 아무에게도 청혼을 받지 못한다면 비참하게 처녀로 늙어 죽는 치욕을 견뎌야 하고, 그녀의 부모 역시 쏠쏠한 기대 수익인 남자 쪽 집안의 결혼 사례금을 받을 수 없게 됨으로써 노후 계획에 막대한 지장이 생길 터였습니다.

그러므로 부모는 막내딸의 영리함이 반쪽짜리라는 것을 그들 외의 다른 사람이 알아차리기 전에 빨리 결혼시켜야겠다고 생각했습니다. 그것을 알 리 없는 엘제는 천진난만하게 되물었습니다.

"그런데 결혼은 왜 해야 해요? 무엇을 위해서요?"

"그야 좋은 남편을 만나기 위해서지."

아버지가 먼저 대답했습니다.

"좋은 남편을 만난 다음에는요?"

"남편 뒷바라지를 잘하면서 착한 아이를 낳아야지."

이번에는 어머니가 대답했습니다.

"착한 아이를 낳은 다음에는요?"

"그 아이가 훌륭한 어른이 될 때까지 잘 키워야지."

"그런 다음에는요?"

"아이도 다 키웠으니 그때부터는 하고 싶은 거 하면서 느긋하게 지내는 거지."

엘제는 고개를 갸웃거렸습니다. 하고 싶은 거 하면서 느긋하게 지내는 거라면 지금도 할 수 있는데, 하고 생각했지만 그녀는 아무 말도 하지 않았습니다. 부모님을 걱정시키고 싶지 않았으므로 그저 얌전히 고개를 끄덕이기만 했습니다.

다행히도 얼마 안 있어 부모를 더는 걱정시키지

않아도 될 일이 일어났습니다. 멀리서 한스라는 청년이 엘제에게 청혼하러 온 것이었습니다. 영리하기로 엘제를 따라갈 여자가 없다는 소문을 듣고 왔다면서 그는 덧붙였습니다.

"예쁜 여자 좋은 건 사흘이고, 착한 여자 좋은 건 석 달이지만, 영리한 여자의 쓸모는 3년 이상 가니까요."

엘제의 부모는 이 재치 있고 통찰력도 있는 청년을 두 팔 벌려 환영했습니다. 그러나 한스는 조건을 제시했습니다. 엘제가 소문대로 정말 영리한 게 맞는지 자신이 직접 확인해야겠다는 것이었습니다. 만약 소문과 달리 엘제가 영리하지 않다면 자신은 미련 없이 이 집을 떠나겠다고 말했습니다. 엘제의 아버지가 긴장한 목소리로 엘제를 불렀습니다.

"얘야, 지하실에 내려가서 맥주를 좀 가져오너라."

긴장을 푸는 데는, 그리고 상대방의 경계심을 누그러뜨리는 데에도 술만 한 것이 없으니까요. 엘제는 다소곳이 돌아서서 바닥에 놓여 있던 항아리를 들고 지하실로 내려갔습니다. 그리고 맥주가 가득 담긴 오크통의 꼭지를 돌려서 열었습니다. 맥주가 항아리 안으로 흘러들어가는 것을 보다가 문득 고개를 들었을 때 그녀는 낮에 미장이들이 지하실 천장에 흙을 바르는 작업을 하다가 깜빡 잊고 치우지 않은 곡괭이가 거기 그대로 매달려 있는 것을 발견했습니다. 그녀는 울음을 터뜨렸습니다. 자신이 울고 있다는 사실을 위에 있는 부모가 알아차릴 수 있어야 하므로 있는 힘을 다해 큰 소리로 울었습니다.

마침내 울음소리를 듣고 그녀의 어머니가 지하실로 내려왔습니다. 그리고 엘제에게 울고 있는 이유를 물었지요.

"어머니, 저기 천장에 매달린 곡괭이를 좀 보세요. 제가 한스와 결혼하면 곧 아이가 생길 테고, 그 아이는 나중에 한스의 심부름으로 지하실에 맥주를 가지러 내려오겠죠. 하지만 아이가 항아리에 맥주를 가득 채우고 일어서는 순간 저 곡괭이가 아이 머리 위로 떨어질 거고 그러면 가엾은 아이는 죽고 말 거예요. 너무나 비극적인 일이라 울지 않을 수가 없네요."

어머니는 기승전결이 명확하고 논리가 정연한 엘제의 주장을 듣고 그녀의 영리함에 감탄했습니다. 그리고 미래의 손주에게 닥칠 불행을 걱정하며 엘제 옆에서 함께 울었습니다.

잠시 후 모녀의 울음소리를 듣고 엘제의 아버지가 지하실로 내려왔습니다. 그리고 모녀에게 울고 있는 이유를 물었습니다. 엘제가 다시 대답했습니다.

"아버지, 저기 천장에 매달린 곡괭이를 좀 보세요. 제가 한스와 결혼하면 곧 아이가 생길 테고, 그 아이는 나중에 한스의 심부름으로 지하실에 맥주를 가지러 내려오겠죠. 하지만 아이가 항아리에 맥주를 가득 채우고 일어서는 순간 저 곡괭이가 아이 머리 위로 떨어질 거고 그러면 가엾은 아이는 죽고 말 거예요. 아이는 이곳에 잠깐 머무르겠지만 곡괭이가 떨어지는 속도는 너무 빨라서 도저히 피할 수 없을 거예요. 게다가 방금 어머니 아버지가 계단을 내려오실 때의 진동으로 곡괭이가 조금 흔들렸으니 그것이 아이 머리 위로 떨어질 시기가 더 앞당겨진 셈이에요. 이렇게 확실한 비극 앞에서 제가 어찌 울지 않을 수 있겠어요?"

아버지는 미래를 정확하게 예측하고 그 과정에서 사소한 변수도 빈틈없이 고려하는 엘제의 영리함에 감탄했습니다. 그리고 미래의 손주에게 닥칠 운명의 순간을 걱정하며 모녀 옆에서 함께 울었습니다.

그때 한스는 식탁에 홀로 앉아 지하실의 동향을 궁금해하고 있었습니다. 맥주를 가지러 간 엘제도 돌아오지 않고, 엘제를 찾으러 간 엘제 어머니도, 엘제 어머니를 부르러 간 엘제 아버지도 아무 소식이 없었으니까요. 한참을 기다리던 한스도 결국 지하실로 내려갔습니다. 그곳에서는 엘제와 그녀의 부모가 나란히 앉은 채 소리 내어 울고 있었습니다. 한스가 이유를 묻자 엘제가 앞치마 자락으로 눈물을 훔치며 대답했습니다.

"오, 친애하는 한스 씨, 저기 천장에 매달린 곡괭이를 좀 보세요. 제가 당신과 결혼하면 곧 아이가 생길 테고, 그 아이는 나중에 당신 심부름으로 지하실에 맥주를 가지러 내려오겠죠. 하지만 아이가 항아리에 맥주를 가득 채우고 일어서는 순간 저 곡괭이가 아이 머리 위로 떨어질 거고 그러면 가엾은 우리 아이는 죽고 말 거예요. 아이는 이곳에……."

"잠깐."

한스가 엘제의 말을 잘랐습니다.

"그런 일이 실제로 일어난 것도 아닌데 왜 우는 겁니까?"

"그런 일이 실제로 일어난 후에는 너무 늦으니까요. 울어도 아무 소용이 없다고요."

한스가 여전히 어리둥절한 표정으로 물었습니다.

"그렇다면 그런 일이 일어나지 않도록 지금 당장저 곡괭이를 치우면 되잖아요?"

"맞아요, 한스 씨. 그래서 당신을 이리로 오게 한 거예요. 우리 중 가장 키가 크고 힘도 센 당신이 저 곡괭이를 좀 치워주세요. 저는 당신이 제 청을 거절하지 않을 것을 알고 있었기에 이렇게 제 부모님과 함께 감사의 눈물을 미리 흘리고 있었던 것이랍니다."

엘제는 대답 끝에 미소를 지었습니다. 한스도 엉겁결에 따라 웃었습니다. 그 웃음과 함께 그의 마음 속 저울은 결혼 쪽으로 기울었습니다. 자신의 질문에 즉각 대답하는 그녀의 민첩함, 자신과 결혼하여 아이를 가질 것임을 암시하는 과감함, 아직 일어나지 않은 비극을 상정하고 그것에 대비하려는 철저함은 그녀가 보통 영리한 여자가 아님을 말해주고 있었으니까요. 어디 그뿐인가요. 그녀는 아버지가 맥주를 가져오라고 시키자 군말 없이 복종했고, 무거운 항아리를 들고 지하실까지 가는 동안 그것을 떨어뜨려서 깨지도 않았으며, 그가 지하실에서 눈으로 직접 보니 맥주가 항아리에 넘치지도 않고 모자라지도 않게 적당히 채워져 있었습니다. 한스는 확신에 찬 표정으로 고개를 두어 번 끄덕인 후 엘제의 아버지에게 말했습니다.

"집안일을 하는 데 이 정도 영리함이면 충분합니다. 따님에게 청혼하겠어요."

엘제의 아버지와 어머니는 울다 말고 기쁨에 겨워 서로 얼싸안았습니다.

그렇게 엘제는 한스와 결혼하여 집을 떠나게 되었습니다. 한스의 집은 아주 먼 곳에 있었습니다. 엘제는 그것이 마음에 들었습니다. 그녀는 언제나 책을 통해서만 간접적으로 경험해온 세상, 그러니까 멀고 낯선 곳, 한 번도 가보지 못한 곳, 알 수 없어서 두렵지만 신비스러운 곳으로 떠나기를 꿈꾸어왔거든요. 한스와 나란히 들길을 걷는 그녀의 발걸음은 더할 나위 없이 가벼웠습니다.

"저는 오래전부터 바깥세상을 구경해보고 싶었어요. 하지만 그럴 수가 없었지요. 여자 혼자서는 마을을 벗어나는 것조차 허락되지 않으니까요. 부모나 남편 없이는 아무 데도 못 간다니. 전 그게 너무 속상했어요."

한스는 이제 막 아내가 된 엘제의 푸념이 귀여워서 픽 웃었습니다.

"어디까지나 여자들을 보호하기 위한 조치이니 이해해야지요. 아직 결혼하지 않은 여자에게 바깥세상은 너무 위험하니까요."

"뭐가 위험하다는 건가요? 바깥세상을 구경하는 것이 위험인지 모험인지 가보기 전에 어떻게 알 수 있나요? 그리고 만약 정말 위험하다면 그건 여자뿐 아니라 남자에게도 해당되는 거 아닌가요? 그런데도 여자만 이동에 제약을 받는 것은 부당해요. 저에게는 언제까지나 쉬지 않고 걸을 수 있는데다 급할 때는 시위를 벗어난 화살처럼 빨리 달릴 수 있는 두 다리가 있어요. 새가 하늘을 날면서 싼 똥이 들판의 어느 나무 어느 잎사귀에 떨어지는지 알 수 있을 만큼 밝은 눈도 있고요. 그런데도 혼자서는 마을을 벗어날 수 없다니!"

한스는 막힘없이 이어지는 그녀의 주장을 들으

며 이다지도 영리한 여자를 알아본 자신의 탁월한 안목에 감탄했습니다. 그러나 감탄은 감탄이고 가르쳐줄 것은 가르쳐주어야 했지요.

"그야 여자 입장에서 답답할 수는 있어요. 하지만 가장이 식구들을 보호하듯 남자는 여자를 보호해야 합니다. 순진하고 연약하고 아직 미성숙한 여자가 혼자 마을을 벗어나지 못하도록 규제하는 것은 조상 대대로 이어져온 이 나라의 아름다운 전통입니다."

전통, 관습, 민족성, 고유문화, 이러한 단어들이 가지는 힘을 한스는 잘 알고 있었습니다. 그러나 엘제는 즉각 받아쳤습니다.

"전통은 무조건 옳은 건가요? 구성원 일부가 불공평하다거나 부조리하다고 느낀다면 그 전통이 잘못된 것일 수도 있지 않나요? 잘못된 전통을 바로잡지 않고 전통이라는 이유만으로 그냥 내버려둔다면 그것이 악습이나 적폐와 다를 게 무엇인가요?"

한스는 자신의 아내가 도대체 어디서 이렇게 괴

상하고 부자연스러운 어휘들을 습득했을까 의아했
습니다.

"당신이 무슨 말을 하는지 잘 모르겠지만, 어쨌거
나 이제 그건 당신이 걱정할 문제가 아니잖아요? 당
신은 결혼했으니까요. 봐요, 이미 나와 함께 마을을
벗어났잖아요. 근데 무슨 걱정이 아직도 남았어요?"

엘제는 한스를 가만히 바라보았습니다. 한스 씨,
논점은 그게 아니고요, 저는 여자가 결혼을 하지 않
고도 원한다면 혼자서 어디든 갈 수 있는 이동권 보
장에 대해 말하던 거라고요, 하고 대꾸하려다가 그
녀는 입을 다물었습니다. 한스는 그녀가 자신의 말
에 비로소 안심한 모양이라고 생각했습니다.

"내 아내 엘제, 이제 당신은 원하는 어느 곳이든
갈 수 있어요. 당신은 영리한 여자이고 그래서 내가
아내로 삼았잖아요. 남편이 있는 신분이니 당신은
이제 못 갈 곳이 없다고요."

그러나 남편의 다정한 부연 설명에도 엘제는 별
반응 없이 앞만 보며 걸었는데, 그 옆모습이 어째서

인지 한스의 눈에는 퍽 무뚝뚝해 보였습니다. 한번 그렇게 생각하자 한스는 자꾸만 그녀가 애초에 자신이 생각했던 것과 영 다른 여자 같다는 기분이 들었습니다. 한마디로 드세다고 할까요, 고집스럽다고 할까요, 아니면 발칙하다고 할까요. 물론 멍청하면서 드세거나 고집스러운 것보다야 영리하면서 그러는 쪽이 한결 낫겠지만 그는 뭔가 속은 기분이었습니다. 하지만 이미 처가에 전답과 가축을 포함한 결혼 사례금을 톡톡히 치른 마당에 결혼을 무를 수도 없는 일이었지요. 아니야, 엘제가 지나치게 영리해서 그럴 거야, 전에는 이처럼 영리한 여자를 본 적이 없으니 내가 적응하는 데 시간이 걸리는 것뿐이야, 하며 그는 기왕이면 긍정적으로 생각하리라 마음먹었습니다.

　한스의 집에 도착한 첫날, 그들 부부는 너무 피곤하여 그대로 곯아떨어졌습니다. 그러고 이튿날 날이 밝자 잠에서 깬 한스는 옆자리에 누워 있는 엘제에게 물었습니다.

"내 아침 식사는 준비되었나요?"

엘제는 부지런히 부엌으로 가서 아침 식사를 준비했습니다. 한스가 또 물었습니다.

"내가 갈아입을 옷들은 어디에 있어요?"

엘제는 부지런히 그에게 새 옷을 가져다주고 나서 그가 전날 입었던 옷을 빨았습니다.

"내 침대 정리는 언제쯤 할 계획인가요?"

엘제는 부지런히 침대 정리를 시작으로 온 집 안을 쓸고 닦았습니다. 그러고 나서 돌아서니 밭에 일하러 나갔던 한스가 돌아와 있었습니다.

"내 점심 식사는 준비되었나요?"

저녁에도 그는 물었습니다.

"내 저녁 식사는 언제 준비되나요?"

엘제가 차려준 저녁을 먹으면서 한스는 그녀가 요리를 특별히 잘하지도 않고 청소를 야무지게 하는 것도 아니며 행동이 썩 재빠르지도 않다는 결론을 내렸습니다. 하지만 멍청하면서 요리도 못하고 청소도 못 하고 행동마저 굼뜬 것보다야 영리하면서 그러는 쪽이 훨씬 나으므로 그쯤에서 만족하기로 했습니다.

그렇게 사흘이 흘렀습니다. 그동안 엘제는 말수가 현저히 줄어 있었습니다. 그 이유까지 알 수는 없었지만 한스는 엘제가 말할 때보다 말하지 않을 때 오히려 더 영리하게 느껴진다고 생각했습니다. 말하지 않을 때도 영리하게 느껴진다니 정말로 영리한 여자가 아닌가, 하고 그는 새삼스럽게 감탄했습니다. 그리고 이 정도로 영리하다면 그때까지 그가 도맡았던 밭일을 대신 맡겨도 문제없을 것이라 확신했습니다. 안 그래도 호밀을 추수할 시기였습니다.

이튿날 아침 일찍 한스는 이웃 마을에 용건이 있어 집을 비우면서 엘제에게 부탁했습니다.

"호밀밭에 가서 추수 좀 해줘요. 당신은 영리한 여자니까 잘하겠지요. 내가 씨 뿌린 호밀을 당신이 거두게 되었으니 우리는 손발이 아주 잘 맞는 부부

로군요."

엘제는 호밀 추수 같은 것은 해본 적이 없었지만 어차피 결혼도 해본 적 없는 상태에서 했는데 추수 쯤이야, 하는 마음으로 집을 나섰습니다. 점심으로 먹을 빵과 물, 땀을 닦을 수건도 챙겨서 말이지요. 그런데 언덕 너머 호밀밭으로 향하면서 그녀는 문득 자신이 결혼 후 처음으로 집 밖에 나왔다는 사실을 깨달았습니다. 결혼하기 전에는 마을을 벗어나지는 못해도 마을 안에서는 얼마든지 자유롭게 돌아다녔는데, 결혼 후에 오히려 활동 반경이 좁아진 셈이었습니다. 결혼하면 어디든 갈 수 있다고 들었는데, 실제로는 집에만 있다니 뭐가 잘못되었지, 하고 혼란스러워하는 사이 어느새 호밀밭이 훤히 내려다보이는 언덕 정상에 도착했습니다.

언덕 위에는 커다란 떡갈나무가 한 그루 있었습니다. 엘제는 땀도 식히고 혼란스러운 머릿속도 정리할 겸 나무 그늘에서 잠깐 쉬기로 했습니다. 다리를 쭉 뻗고 앉아 수건으로 목덜미의 땀을 닦았습니다. 물도 한잔 마셨습니다. 그러고 나니 배가 고파서 빵도 조금 뜯어 먹었습니다. 땀이 식은 목덜미를 스치고 지나가는 바람이 상쾌했습니다. 물은 시원했고 빵은 혀에 착 감길 만큼 부드럽고 고소했습니다. 그래서 엘제는 남은 빵을 모조리 먹어치웠습니다. 배도 부르겠다, 마음이 느긋해진 그녀의 눈에 언덕 아래 드넓은 호밀밭이 들어왔습니다. 저 많은 호밀을 나 혼자서 언제 다 거두나, 생각하니 조금 막막했습니다.

엘제는 주위를 둘러보았습니다. 사람은 아무도 없고 떡갈나무 가지를 오르내리는 개미들이 눈에 띄었지만 그것들은 엘제에게 아무 관심도 없어 보였습니다. 낙담한 엘제는 팔을 베고 드러누웠습니다. 책에서 읽은 옛날이야기에서는 주인공 소녀가 이렇게 난처한 상황에 처하면 어디선가 요정이 나타나거나 주변 동물들이 힘을 합쳐서 문제를 해결해주던데, 왜 나는 아무도 안 도와주나. 그건 그냥 책 속의 이야기였을 뿐인가. 그런데 책에서 왜 여자들은 항상 도움만 받나. 왜 남자 없이는 위기를 극복하지 못하나. 왜 결혼만 하면 그걸로 끝인가. 그이야기들을 지어낸 사람은 남자인가, 여자인가. 아, 그러고 보니 결혼한 후에는 책을 구경도 못 했네. 부모님은 결혼해야 하는 이유를 하고 싶은 거 하면서 느긋하게 살기 위해서라고 하셨지. 물론 그러려면 먼저 남편을 뒷바라지하면서 착한 아이를 낳고, 그 아이를 훌륭한 어른이 될 때까지 잘 키워야 하겠지. 그러니까 나는…… 하고 생각하다가 그만 스르르 잠이 들었습니다.

한스가 집으로 돌아온 것은 저녁 어스름이 깔릴 무렵이었습니다. 식탁에 저녁 식사가 차려져 있지 않고 아내도 보이지 않자 한스는 그녀가 아직도 추수를 하고 있다고 생각했습니다. 그러나 그녀를 찾아 호밀밭으로 가던 중 언덕에 다다랐을 때 그는 뜻밖에도 엘제가 떡갈나무 아래에 드러누워 자고 있는 것을 발견했습니다. 그다음 저만치 내려다보이는 호밀밭의 호밀들이 아침과 똑같이 온전한 형태

그대로 바람에 흔들리고 있는 것도 확인했습니다. 충격과 분노로 그의 얼굴이 일그러졌습니다.

"하루 종일 뭘 한 거지? 이러고도 뻔뻔하게 잘 수 있다니!"

화를 가라앉히지 못해 씩씩대던 한스는 엘제를 그대로 놔두고 서둘러 집으로 돌아왔습니다. 그리고 헛간에 처박혀 있던 낡은 새그물을 꺼냈습니다. 여름에 새를 잡는 데 썼던 그 그물은 질긴 직물로 촘촘하게 짜여 있고 사방팔방에 쇠로 만든 조그만 방울 수십 개가 달려 있는 것이었지요.

한스는 그것을 들고 다시 언덕을 올랐습니다. 그리고 떡갈나무 아래에서 아까 그 자세 그대로 자고 있는 엘제의 머리끝부터 발끝까지 새그물을 뒤집어 씌웠습니다. 그러고 나서는 그것이 쉽게 벗겨지지 않도록 그물 이곳저곳에 매듭을 단단히 묶었습니다. 방울들이 흔들리며 요란한 소리를 냈지만 그녀는 꿈쩍도 하지 않았습니다.

"어떻게 이 소리에도 안 깰 수가 있지? 정말 천하

태평이군."

한스는 기가 막혀서 더 큰 소리로 중얼거렸습니다.

"영리하다고 칭찬만 받고 자랐으니 이렇게 제멋대로일 수밖에."

그런 다음 그는 다시 집으로 돌아왔습니다. 잠에서 깬 엘제가 새그물을 뒤집어쓴 제 꼴에 놀라 허둥대면서 요란한 방울 소리와 함께 네 발로 기다시피해서 집으로 돌아올 것을 상상하니 한심하기 짝이 없었습니다. 그는 엘제가 그물을 벗겨달라고 애걸복걸하면 한참 애를 태우다가 못 이긴 척 칼로 매듭을 잘라주면서 이 기회에 그녀의 못된 버르장머리를 싹 뜯어고칠 작정이었습니다.

밤이 깊었습니다. 때는 마침 보름이었습니다. 구름을 벗어난 달이 중천으로 솟아오르자 그 빛이 마을 전체를 골고루 비추었습니다. 언덕 아래 호밀밭은 물론 언덕 위까지 달빛이 환했습니다. 바람 한 점 없는 밤, 사방이 고요했습니다. 그때 언덕 꼭대기의 떡갈나무 밑에서 시커먼 그림자 하나가 천천히 몸을 일으켰습니다. 그것이 한쪽 팔을 들자 방울 소리가 났습니다. 그것이 한쪽 다리를 들자 또 방울 소리가 났습니다. 그림자는 키득거리며 소리 내어 웃었습니다. 그것은 새그물을 뒤집어쓴 여자, 엘제 였습니다.

"그래, 나쁘지 않아."

엘제는 편한 자세로 앉았습니다. 그리고 손에서 가까운 자리에 있는 매듭부터 차근차근 풀기 시작 했습니다. 달빛이 밝아서 매듭들이 선명하게 잘 보 였고 그것들을 풀 시간은 얼마든지 있었습니다. 게 다가 그녀는 다른 누구도 아닌 영리한 엘제. 어릴 때부터 한 번 본 것은 절대 잊지 않았고 심지어 보 지 않은 것도 본 것처럼 본질을 꿰뚫어 볼 줄 알았 던 그녀에게 그까짓 새그물을 벗어나는 일은 어린 애들 장난이나 다름없었지요.

매듭이 하나씩 풀릴 때마다 딸랑, 딸랑, 하며 방 울들이 경쾌한 소리를 냈습니다. 그것이 엘제의 귀 에는 마치 괜찮아, 좋아, 잘하고 있어, 하는 것처럼 들렸습니다. 조금 전에 한스가 그녀 옆에서 지껄였던 말들은 이미 기억에서 까맣게 잊힌 상태였습니다. 마침내 마지막 매듭이 풀렸습니다. 엘제는 자리에서 일어났습니다. 낡은 새그물이 허물처럼 그녀의 발치로 툭 떨어졌습니다.

엘제는 달빛을 등지고 언덕 아래를 내려다보았습니다. 한쪽에는 호밀밭이, 다른 한쪽에는 한스의 집이 있었습니다. 그러나 어느 쪽도 그녀가 가야 할 방향은 아니었습니다. 걱정할 것 없었습니다. 그녀는 이제 어디로든 갈 수 있게 되었으니까요.

그림 형제의 여느 동화들과는 결이
완전히 다른 이 작품을 처음 읽고 충격과 혼란에 빠졌던
초등학생 시절의 어느 날을 기억한다.
순진하고 착하고 예쁜 여자 주인공이 온갖 시련을 극복하고
마침내 왕자와 결혼하는 기존 동화의 서사 문법을
따르지 않는다는 점을 이야기하려는 것이 아니다.
결말이 해피엔딩이 아니라는 점을 이야기하려는 것도 아니다.
어떻게 표현하면 좋을까. 엘제는 그러니까, 아파 보였다.
정신이, 영혼이, 사고방식이 어딘가 짓눌리고 뒤틀리고
멍들어 있는 것 같았다.
엘제 곁에 있는 사람들 또한 아파 보이기는 마찬가지였다.
다른 점이 있다면 엘제는 결과적으로 새그물을 뒤집어쓴
미친 여자가 되고 나머지 사람들은 이른바
미친 여자 만들기 프로젝트의 주동자 혹은 방관자가 된다는 것.

엘제가 실제로 영리한지 아닌지는 잘 모르겠다.

다만 그것을 제대로 판단하기 위해서는

먼저 그녀가 건강을 되찾아야 하리라 생각한다.

그러려면 일단 새그물을 벗어야 할 것이다.

그것을 뒤집어씌운 남편에게서 벗어나야 할 것이다.

독립해야 할 것이다, 그 자신의 의지로.

이 작품을 고쳐 쓰기로 마음먹었을 때 내가 구상한 것은

그것 하나였다, 그물을 벗겨주자는 것.

그물로부터, 남편으로부터, 아버지로부터,

엘제를 병들게 한 세상의 모든 억압과 속박으로부터

그를 자유롭게 만들자는 것이었다.

엘제의 영리함에 대해서는 그가 비로소 자유로워지고

건강해진 후에 다시 이야기할 수 있을 것이다.

헨젤과 그레텔의 거처

배예람

배예람
안전가옥 앤솔러지 《대스타》에 수록된 〈스타 이즈 본〉으로 작품 활동을 시작했다.
소설집 《좀비즈 어웨이》를 썼으며 《왜가리 클럽》, 《호러》에 작품을 발표했다.

§

어떤 끔찍한 이야기는, 누군가의 간절함에서 시작한다.

집주인 아들이 들어와서 살 거래. 동생 김그레텔은 끔찍한 소식을 오빠 김헨젤에게 담담하게 전했다. 상도역에서 도보로 약 17분 정도 걸리는 곳에 자리한 빌라 3층에는 크지도 작지도 않은 거실과 방이 하나씩 딸린 집이 있었고, 헨젤과 그레텔은 그들만의 이 소중한 보금자리에서 2년을 지냈다. 두 명이 함께 살기에는 좁고, 구질구질하고, 손님 한번 부르기에도 민망한 집이었지만 그에 걸맞은 기적

같은 값이었기에 버틸 수 있었다. 남매는 이곳을 떠날 생각이 없었지만, 이별은 언제나 예상하지 못한 순간에 다가오기 마련이다. 계약을 연장하기 위한 통화에서 집주인은 때마침 제대한 그의 아들이 들어오게 되었다며, 애매한 웃음과 함께 남매의 요구를 거절했다.

"……Gretel_K님 안녕하세요. 질문에 대한 답변 드립니다. 집주인이나 집주인 직계가족이 들어와 살겠다고 하면 세입자는 나가야 합니다. 직계 가족에는 증조부, 조부모, 부모, 배우자, 형제자매, 자녀, 손자녀, 증손 자녀가 포함……."
"아주 사돈의 팔촌까지 다 들어와서 살라 그러지 왜."

헨젤과 그레텔은 간절했다. 2년 사이에 훌쩍 올라버린 주변 시세를 감당할 엄두는 나지 않았다. 휴학생과 졸업 예정자라는 초라한 신분으로는 돈을 구할 방법도 없었다. 그나마 가진 것에 맞추어 예산을 부르면, 중개인들은 하나같이 난감한 얼굴이 되어 마우스 휠을 내렸다. 그렇게 한참을 뒤적이다 소개받은 곳들은 남매의 '홈 스위트 홈'보다 못한 곳들이었다. 이런 곳에서도 사람이 살 수 있구나, 남매는 그런 오만한 생각을 했고, 본가로 내려가느니 마느니 하는 주제로 말싸움을 벌였으며, 더는 부모님의 손을 빌릴 수 없다는 결론에 이르렀다.

인터넷 기사만 훑어도 빌딩 테크 따위를 들먹이며 몇십억의 차익을 봤다는 유명인들이 수두룩했다. 한강 남쪽의 한 유명 아파트는 규제를 피해 스물아홉 가구만 분양한다고 한다. 남매에게는 당장 몸을 누일 곳조차 없는데, 누군가의 소중한 보금자리를 집이 아니라 돈으로 생각하는 이들이 너무 많았다. 홈 스위트 홈을 떠나야 할 시간은 어느새 일주일 앞으로 다가왔다.

세입자 구합니다. 숙식 무료로 제공. 기간 협의 가능.
상도 X동 XX-XX 번지.

이보다 더 달콤한 문장이 세상에 존재할 수 있을까. 세입자 구합니다. 숙식 무료로 제공. 아무 생각 없이 동네 중고거래 어플을 뒤지던 헨젤은 믿을 수 없는 내용에 몇 번이고 눈을 비볐다. 사진은 없었다. 내용은 그게 전부였다. 조회 수마저 1이었다. "세입자 받으시나요?" 밑져야 본전이란 마음으로 보낸 메시지에는 짧은 답이 돌아왔다. "자정 이후로 직접 방문 부탁드립니다." 헨젤은 고개를 갸웃거렸다. "무슨 요일이 괜찮으신가요?" "자정 이후로 직접 방문 부탁드립니다." "당장 오늘도 괜찮나요?" "자정 이후로 직접 방문 부탁드립니다." 일이 생기면 무모하더라도 일단 덤벼 보는 게 헨젤의 장점이자 단점이었고, 헨젤은 자정이 되기 전 편의점을 간다는 핑계로 집을 빠져나왔다.

문제는 지도 어플에 상도 x동 xx-xx 번지가 뜨지 않는다는 것이었다.

"지도에 안 뜨는데 혹시 정확한 위치 알려주실 수 있나요?" "자정 이후로 직접 방문 부탁드립니다."

간절함에 오기까지 더해지자 못 할 일이 없었다.

헨젤은 상도 x동 xx-xx 번지와 비슷한 주소를 검색해 언덕을 올랐다. 골목길을 헤치고 경사를 오를수록 낡은 연립주택이 하나둘 모습을 드러냈다. 미세먼지인지 안개인지, 자꾸만 주변이 부옇게 흐려져갔다. 마스크 안으로 답답한 숨을 한껏 뱉으며, 헨젤은 xx-xx 번지가 있을 법한 위치에서 서성거렸다. 거기 있었다. 뿌연 먼지 사이로 숨겨진 골목이. 헨젤은 그 안으로 들어섰다. 먼지인지 안개인지 모를 것이 한층 더 짙어지며 어서 들어오라는 듯이 그를 이끌었다. 축축하고 습한 골목길은 텁텁하지만 묘하게 달콤한 향을 풍겼다.

헨젤은 한참 동안 골목을 헤맸다. 자꾸만 갈림길이 등장하는 골목은 미로 같았다. 다섯 번째 갈림길 앞에서 더 이상 머리 쓰기를 포기한 그는 골목 초입으로 돌아갔다. 골목 입구에는 마치 그를 위해 준비된 것처럼 돌멩이 무더기가 한가득 쌓여 있었다. 표면이 하얗고 매끈한 돌멩이들은 달빛 아래에서 예쁘게 반짝거렸다. 헨젤은 지나가는 길목마다 돌멩이를 하나씩 놓았다. 한 시간 동안 미로를 헤맨 끝에, 헨젤은 모든 길목에 돌멩이를 놓게 되었다. 그 어느 곳에도 그 집은 없었다. 포기한 헨젤이 골목을 빠져나오는 순간 먼지인지 안개인지 모를 것은 귀신같이 흩어져버렸다.

"집을 못 찾겠습니다."
"자정 이후로 직접 방문 부탁드립니다."

무모함이 헨젤의 장점이자 단점이라면, 예민함은 그레텔의 장점이자 단점이었다. 벽을 타고 넘어오는 소음에 2년 동안 깊게 잠들어본 적이 없는 그는 맥주 한 캔을 사러 나갔던 오빠의 패딩 안쪽이 땀으로 흠뻑 젖어 있는 걸 눈치챘다. 헨젤은 모든 걸 털어놓았다. 중고거래 어플에 올라온 게시글과 헨젤이 보낸 메시지를 읽은 그레텔은 이건 그냥 괴담인데, 라고 중얼거렸다.

짐은 캐리어 둘과 백팩 하나로도 충분할 만큼 적었다. 무모한 오빠와 예민한 동생은 그렇게 가벼운 차림으로 홈 스위트 홈을 떠나야 했다.

붕세권이어서 참 좋았는데. 마지막으로 단골집에서 슈크림 붕어빵이 한 아름 담긴 봉투를 받아든 그레텔은 중얼거렸다. 아들이라는 사람 얼굴 봤어? 하나도 안 닮았더라. 의심을 했어야 했어. 그러나 남매에겐 그들의 홈 스위트 홈을 차지한 세입자가 정말로 집주인의 아들인지 아닌지를 알아낼 여유조차 없었다. 그레텔은 입안 가득 퍼지는 슈크림 맛을 음미하며 무심코 물었다. '그 집' 주소가 뭐라고? 며칠 동안 근처에 사는 지인의 집에 머무를 예정이었던 남매의 행선지는 갑작스레 바뀌었다. 캐리어를 끌고 언덕을 오르느라 땀에 젖은 그레텔은 안개로 자욱한 골목 입구를 보며 붕어빵을 더욱 소중하게 끌어안았다. 이건 그냥 괴담이라니까. 헨젤은 대답 대신 주변을 두리번거렸으나 그때 본 돌무더기를 다시 발견할 수는 없었다. 남매는 안개 속으로 발을 들이밀었다.

짙게 내려앉은 안개 속에서 길을 찾는 건 여전히 어려웠다. 세 번째 갈림길 앞에서 헨젤은 그레텔에게 손을 내밀었다. 두 배로 돌려주겠다는 약속 끝에 받아낸 붕어빵을 잘게 찢어 바닥에 뿌렸다. 어디서 달달한 냄새가 나는데. 그레텔이 코를 킁킁거렸다. 붕어빵 냄새겠지. 헨젤은 반박하며 앞으로 나아갔다.

일곱 번째로 마주한 막힌 길에서 뒤를 돌아 붕어빵 조각을 따르던 남매는 갑작스레 흔적이 끊겨버린 곳에서 멈춰 섰다. 고양이들이 먹어버렸나. 헨젤이 탄식을 뱉는 동안 그레텔은 발을 동동 굴렀다. 먹으면 몸에 안 좋을 텐데. 울상을 짓던 그레텔이 다시 한번 코를 킁킁댔다. 어디서 자꾸 다디단 냄새가 난다니까. 좁은 골목을 자욱하게 채운 안개 속에서, 길을 잃은 남매는 그레텔의 코를 따라 다시 걷기 시작했다. 어차피 길을 잃은 거 조금만 더 가보자고, 그레텔은 헨젤을 잡아끌었다. 걸을수록 안개는 더 짙어져 어느새 한 치 앞조차 확인할 수 없는

지경이 되었고, 달콤한 향기는 헨젤의 코에 닿을 정도로 강해졌다. 그레텔의 발만 보고 따라 걷던 헨젤은 갑작스레 멈춰선 그레텔의 등에 부딪혔다.

"찾았다."

달콤한 향기의 진원지는 그들의 눈앞에 있었다.

안개 속에 자리 잡은 과자집은 꼭 동화 속 한 장면 같았다. 거대한 시나몬 스틱으로 세워진 철창 너머로 보이는 집은 온 벽이 푹신한 빵으로 되어 있었다. 그 위를 가득 덮은 생크림 위로 온갖 종류의 과일들이 꽂힌 채 서로 다른 향을 풍겼다. 얇은 설탕막으로 된 창문에는 자그마한 머랭쿠키가 테두리를 따라 장식처럼 붙어 있었고 정원에는 흙 대신 초콜릿 가루가 날렸다. 붕어빵보다 훨씬 좋네. 홀린 듯 다가간 그레텔이 초인종을 눌렀다. 쿠키로 된 판에 박혀 있는 버튼은 마카다미아 초콜릿이었다.

"어플로 연락 주신 분 맞으시죠?"

문이 열리자 집주인이 적당한 미소와 함께 남매를 맞이했다.

기껏해야 30대 후반으로 보이는 여자는 지나치게 밝은 미소와 친절한 설명으로 분명히 이 집에 무언가 하자가 있을 것이라는 불안감을 조성하지도 않았고, 지나치게 무뚝뚝한 얼굴로 남매가 마음에 들지 않는다는 기색을 비치지도 않았다. 집은 밖에서 가늠한 것보다 훨씬 컸다. 빵과 생크림 대신 깨끗한 벽지와 바닥재로 이루어진 내부에는 꼭 필요한 가구들만 놓여 있었지만, 구석에 놓인 빈백과 잎이 넓은 식물이 담긴 화분, 마티스의 그림 액자 등은 큰맘 먹고 예약한 에어비앤비에 도착한 듯한 착각을 불러일으켰다.

"식사는 하루에 세 번, 같은 시간에 제공됩니다. 제가 지내는 2층을 제외하고 1층은 마음껏 사용하

셔도 돼요."

"……저, 돈은…….."

"미리 말씀드린 것처럼 돈은 받고 있지 않습니다."

"기간은요?"

'기간 협의 가능'이란 문구를 기억해낸 그레텔이 끼어들었다.

"원하시는 만큼 있으셔도 됩니다. 나가기 전에 미리만 말씀해주시면 돼요."

김헨젤과 김그레텔은 잠시 서로를 마주 보았다. 집 바깥에서 흘러들어오는 갓 구운 빵의 향과 내부에 퍼진 라벤더 디퓨저의 냄새가 뒤섞이며 오묘한 향을 냈다. 둘은 각자 원하는 방을 골랐다. 방 하나가 두 사람이 살던 집만큼 컸다. 부엌이 딸린 거실을 방으로 써야 했던 그레텔에겐 천국이 따로 없었다. 환기가 되지 않던 거실에서 여전히 남아 있는 음식 냄새를 친구 삼아 잠을 청하거나, 골목에서 연인들이 다투는 소리에 귀를 틀어막을 필요도 없었다. 방마다 딸린 화장실에는 거대한 욕조와 뽀송뽀송하게 건조된 수건들이 그들을 기다렸다. 그레텔은 생일을 맞을 때마다 꼭 하나씩은 손에 들어왔던 배스밤을 버리지 않길 잘했다고 생각했다. 욕조가 있는 집에 살 일은 영원히 없을 거라 여겼는데……. 우주의 빛깔을 뿜어내는 물속에 몸을 깊이 담그며 그레텔은 중얼거렸다.

딱 일주일만 있자, 일주일만 있다가 나가서 집을 구하는 거야. 언제까지 여기에 있을 수는 없잖아. 갑자기 돈을 내놓으라고 할지도 모를 일이고. 휴가라 생각해.

그렇게 결심한 것치고 둘은 이 집에서 나갈 생각이 없는 듯 행동했다.

밥은 꼬박꼬박 삼시 세끼 시간에 맞춰 차려진 상태로 남매를 기다렸다. 집주인이 왔다 가는 모습을 보지도 못했고 그렇다고 다른 사람이 드나드는 것도 아니었는데, 어떻게 마술처럼 완벽한 한 끼를 두고 사라지는지 도통 모를 일이었다. 남매가 한식을 이야기한 날에는 한식이, 양식을 이야기하면 양식이, 중식을 상상하면 중식이, 갓 만들어진 채로 따끈하게 놓여 있었다. 온 집에 생선 냄새가 밸까 무서워 생선구이를 피할 일도, 늘어가는 음식 배달에 쌓이는 플라스틱과 배달료를 걱정할 일도 없었다.

언제나 얼룩 하나 없이 새하얗게 빛을 내는 벽지와, 벽지에 줄을 맞춰 걸려 있는 액자들, 곳곳에 놓인 라탄 바구니에 세워진 디퓨저, 새하얀 방에 어울리는 회색의 빈백과 우드 테이블, 잎이 넓은 식물, 거실에 깔린 고급스러운 러그. 인터넷은 어디에서든 잘 터졌고 환기도 잘 되었기 때문에 눅눅한 빨래와 함께 습기로 가득한 방에서 잘 필요도 없었다. 남매는 겉은 바삭하고 달콤한데 속은 깨끗하고 아늑한 이 집이 마음에 들었다. 일주일이 2주가 되었고, 2주가 3주가 되었고, 3주는 한 달이 되었다. 나갈 필요가 없었다. 집은 그들이 원하는 모든 것을 제공해주었고, 그들이 머릿속으로 생각만 하던 것들을 미리 준비해 남매를 놀라게 했다. 집주인은 한 번도 남매 앞에 나타나지 않았다.

헨젤은 어느 순간부터 방 밖으로 나오지 않기 시작했다. 헨젤을 위한 식사는 모조리 헨젤의 방으로 배달되었다. 그 좁은 집에 살 때도 혼자 방을 독차지하더니 개 버릇 남 못 준다고, 그레텔은 방에 틀어박힌 오빠를 남몰래 욕했다. 덕분에 넓은 거실은 그레텔 전용 공간이 되었다.

많은 걸 바란 게 결코 아니었다. 그냥 이 정도의 삶이면 충분했다. 지나치게 '열심히'가 아니라, 그냥 되는 대로 어떻게든 살다 보면 편히 쉴 수 있는 개인적인 공간이 보장되는 삶. 그런 삶을 바라는 게, 언제부터 불가능한 꿈이 되었는지 알 수 없었다.

푹신한 러그 위로 발바닥을 비비면서 빈백에 앉아 휴대전화를 보다가 늘어지게 낮잠 잘 수 있는 삶, 음식 냄새가 밴 이불을 뒤집어쓰고 잘 필요가 없는 삶. 벽을 타고 들려오는 옆집의 소음에 귀를 틀어막을 필요가 없는 삶. 고지서를 보며 한숨 쉬지 않는 삶. TV 속에서나 만날 수 있는 유명인들의 넓고 화려한 집을 보며, 언젠가 나도 저런 곳에서, 언젠가, 언젠가, 언젠가는 꼭…… 그런 무력한 꿈 따위를 더 이상 가질 필요가 없는 삶.

그런 삶에 부서진 머랭 쿠키처럼 균열이 생기기 시작한 건, 그레텔이 작은 의문을 품게 된 순간부터였다.

왜 문고리가 다 둥근 모양이지? 아주 작은 의문이었다. 그저 평소처럼 방으로 들어가려다가 문득 떠오른 물음. 모든 게 세련된 이 집에서 유일하게 촌스러운 디자인으로 남아 있는 게 있다면, 바로 모든 문에 달린 문고리였다. 레버 형식이 아니라 둥근 구 모양으로 된 문고리는 이 집의 유일한 흠에 가까웠다. 그리고 그 의문을 가지기 시작한 순간부터, 그레텔의 귀에는 들리기 시작했다. 누군가의 아주 작은 속삭임이.

"……………………했는데."

24시간 빨래방에 꾸역꾸역 들고 가서 오랜 시간을 기다리지 않아도, 언제나 뽀송뽀송하고 좋은 냄새가 나는 이불. 그 속에 파묻혀 잠들어 있던 그레텔은 누군가의 속삭임에 눈을 떴다. 아무것도 달라진 건 없었다. 침대 옆에 놓인 우드 협탁도 그대로였고, 그 위에 놓인 스탠드와 읽지도 않을 책과 잡지도 그대로였고, 벽에 붙어 있는 드라이플라워도 그대로였다. 속삭이는 낯선 목소리만 제외한다면.

"분명…… 했는데……."

중년 남자의 속삭이는 목소리가 쉬지 않고 일정한 시간마다 끊임없이 중얼거렸다. 그레텔이 양치하거나, 거품이 가득 올라온 욕조에 파묻혀 있거나, 정원에서 뽑아온 바스크 치즈케이크 조각에 푹 빠져 있거나, 평소처럼 빈백에 앉아 꾸벅꾸벅 조는 순간마다, 목소리는 지겹지도 않은지 같은 말을 속삭였다. 분명…… 했는데. 그래서 대체 뭘 했다는 거야? 그레텔은 차라리 보이지 않는 목소리가 무어라 속삭이는지 똑똑히 듣고 싶었으나, 목소리는 꼭 땅속에 파묻힌 것처럼 멀게만 들렸다.

작은 의문과 함께 들리기 시작한 속삭임은 수많은 의심을 끌고 들어왔다. 이 집은 뭐지?

헨젤은 방 밖으로 나오지 않았다. 방문을 아무리 두드려도 묵묵부답이었다. 오빠, 혹시 죽었어? 문밖에서 장난으로 던진 농담에도 돌아오는 답이 없자, 그레텔은 슬슬 불안해지기 시작했다. 불안은 그제야 환상을 깨고 가장 근본적인 질문을 품게 했다. 이 집은 대체 왜 우리를 거두고, 먹이고, 씻기고, 재우는 거지?

그레텔은 예민했다. 이웃집에서 흘러들어오는 소음, 음식 냄새, 형광등을 건드리는 모기의 날갯짓, 그런 것에 밤새 잠을 못 이루고 이불만 차는 사람이었다. 유령처럼 집을 떠돌아도 집주인은 만날 수 없었고, 그렇다고 함부로 2층에 올라갈 수도 없었다. 혹시라도 분노한 집주인의 손짓 한 번에 이 천국에서 쫓겨나게 될까 봐.

여느 때처럼 포근한 침대에서 눈을 뜬 그레텔은 문득 그들이 이 집에서 머문 지 세 달이란 시간이 지났다는 걸 깨닫는다. 정확하게 세어보니 3개월 하고도 13일이었다. 3개월 13일. 꿈에 취해 자각하지 못하고 흘려보낸 시간이 그렇게 길었다. 했는데, 했는데, 했는데, 했는데. 그레텔을 괴롭히는 목소리는 이제 너무 가까이 다가와 있었다. 오빠, 오빠! 방문을 부서질 듯 두드려도 헨젤은 답이 없었다. 소리를 참지 못해 밖으로 달려나가면, 자욱한 안개만이 그레텔을 반겨주었다. 나갈 수가 없었다. 112를 부를까? 그런 생각을 하며 핸드폰을 들었을 때, 그레텔은 문득 그동안 외부와 연락을 한 번도 한 적 없다는 걸 알아차렸다.

했는데, 했는데, 했는데………. 목소리는 점점 더 강해졌다. 목소리는 화장실 문 옆의 벽 안에서 들리고 있었다. 꽃 한 송이가 꽂힌 화병을 올려둔 우드 서랍장이 놓여 있는 벽. 그레텔은 화병을 바닥으로 내려두었다. 마음 같아선 꽃을 바닥에 냅다 던져버리고 싶었지만, 아침마다 물기를 잔뜩 머금고 있는 꽃 한 송이에는 아무 잘못이 없었다. 화병을 치우자 드러난 흰 벽을 손톱으로 살살 긁어보았다. 했는데, 했는데, 했는데. 목소리는 분명 그 안에서 들려왔다.

순간의 충동이 그레텔을 이끌었다. 그레텔은 벽지 안으로 손톱을 꾹 찔러 넣었다. 그레텔의 손 아래에서 벽지가 주욱, 찢어졌다.

손톱 아래로 검게 뭉친 피딱지가 엉겨 붙었다. 그레텔은 차마 목구멍 밖으로 뱉지 못한 비명을 삼켰다.

벽 안에는 사람이 있었다. 정확히 말하면 사람들이 있었다. 더 정확히 말하면, 벽은 사람들 그 자체였다. 그레텔은 천천히 벽지를 조금 더 뜯어냈다.

벽지 안의 사람들은 이리저리 엉겨 붙어 각기 다른 모양새를 하고 있었다. 누군가는 반쯤 녹아내려 다른 이의 몸에 찰싹 붙어 있었고, 누군가는 얼기설기 뻗어 나간 핏줄 안에 갇혀 꼼짝도 못 했다. 사람들의 뼈와 살과 근육과 피로 이루어진 단단한 벽, 그 건너편에 자리 잡고 있을 달콤한 케이크 시트와 생크림 냄새가 비린내에 섞여들었다. 그레텔이 구역질을 하는 동안, 그레텔을 괴롭히던 목소리의 주인공은 천천히 고개를 들었다. 살이 반쯤 녹아내려 뼈와 근육 조직들이 드러나기 시작한 그는 마찬가지로 고무처럼 길게 늘어지는 턱을 힘겹게 움직여, 한마디를 뱉었다.

"분명히, 오른다고 했는데……."

오를 거예요. 집값은 무조건 오릅니다. 너희들이, 너희들이 그렇게 얘기했잖아……. 그 말을 끝으로 중년 남자의 턱이 아래로 뚝, 떨어졌다. 우드 협탁 위에 꽃병 대신 찢겨나간 남자의 턱이 예쁘게 놓였다. 목구멍 밖으로 튀어나온 그레텔의 비명과 함께, 집은 순식간에 제 모습을 드러냈다.

새하얀 벽지들 위로 검붉은 피가 흘러내렸다. 폭

포처럼 거침없이 흐르는 피들은 새하얀 벽지를 건어내고, 바닥에 질척한 웅덩이를 만들어냈다. 검붉은 피가 훑고 지나간 자리에는 벽 대신 그 안의 이리저리 엉겨 붙은 사람들만 남았다. 핏줄이 엉키고, 팔과 팔이 달라붙고, 녹은 얼굴이 하나로 합쳐지고, 그렇게 얼굴이 두 개 팔이 세 개가 되고, 귀가 찢어지고 턱이 끊어지고 눈알이 빠진 사람들. 그들이 든든하게 벽 일부가 되어 버티고 있었다. 눈, 코, 귀가 녹아 사라진 얼굴에 끝까지 남아 있는 입들은, 중년 남자처럼 자신들의 마지막 한마디를 중얼거렸다. 월세가, 내 보증금이, 전세보증보험이, 확정일자가, 월세소득공제가, 종부세가, 재개발이…… 그레텔은 주저앉아 피로 물든 바닥을 기었다. 오빠, 오빠! 그레텔의 목소리가 점점 커지는 벽들의 중얼거림에 파묻혔다. 헨젤의 방문 앞으로 기어가 문고리를 잡았다. 힘을 주어 잡아당기자마자 문고리는 쑥 빠져 그레텔의 손바닥에 놓였다. 그레텔이 다시 비명을 질렀다.

둥근 문고리는 누군가의 눈알이었다. 섬세한 신

경 뿌리들이 가닥가닥 붙어 있는 눈알. 탁한 눈이 그 레텔의 손바닥 위에서 공중을 멍하니 응시했다. 그 레텔은 뒤를 돌았다. 모든 벽이 내부를 드러냈고, 모든 바닥이 피로 물들고, 모든 문고리는 누군가의 눈알로 바뀌어 있었다. 모던한 감각을 뽐내던 조명들은 누군가의 팔과 다리로 그 기둥이 이루어져 있고, 손가락이 전구를 붙잡고 있었으며, 그레텔이 몸을 비볐던 빈백은 거대한 핏덩어리였고, 벽에 걸려 있던 드라이플라워의 마른 꽃잎은 빠진 손톱 무더기에 불과했다. 조각난 사람들의 살덩이를 이어 붙여 만든 테이블 위에, 라벤더 향을 풍기던 디퓨저 병에는 투명한 액체 대신 피가 가득했다.

그레텔은 속에 있던 걸 모조리 게워냈다. 목구멍에 무언가가 탁 틀어막혔다. 꺽꺽대는 숨을 뱉으며 목구멍 속으로 간신히 손을 집어넣자, 부드러운 질감의 천 조각이 잡혔다. 천을 붙잡아 당겼다. 그레텔은 마치 카드를 뱉어내는 마술사처럼, 구역질하며 기다란 천을 모조리 뽑아냈다. 노랗고 긴 천에 새겨진 글씨는 피처럼 붉은색이었다. 공사 재개하라, 월세 난민 살려달라, 살게 해달라, 그런 글자들이 그레텔의 목구멍에서 튀어나왔다.

천을 짓밟고 일어난 그레텔은 헨젤의 방문을 향해 몸을 던졌다. 뼛조각을 근육으로 엮어 만들어진 문은 그레텔의 몸짓에 쉽게 부서졌다. 마찬가지로 붉은색으로 뒤덮인 헨젤의 방은 그레텔의 비명이 들리지 않는 듯 고요했다. 방을 둘러보는데 헨젤이 없었다. 오빠? 공허한 물음이 짧게 흘렀다가, 비명으로 이어졌다.

헨젤은 침대에 파묻히듯 누워 있었다. 침대 프레임에 달라붙어 있는 수많은 손이 누워 있는 헨젤의 몸을 이불처럼 뒤덮고 있었다. 너무 많아서 몇 명인지 셀 수조차 없었다. 따뜻한 손길 안에서 세상모르고 잠들어 있는 헨젤은 다행히 얼굴까지 손에 덮이지는 않은 채였다.

달려간 그레텔은 헨젤을 흔들었다. 수많은 손길에 붙들린 몸은 단단했다. 그레텔은 소리를 지르며 헨젤의 뺨을 두드리고, 외치고, 울부짖다가 결국 헨젤을 끈질기게 쥐고 있는 손들을 하나하나 떼어내기 시작했다. 모든 손을 떼어내고 헨젤을 깨우기까지는 꽤 오랜 시간이 필요했다. 간신히 눈을 뜬 헨젤이 주변을 살피고 비명을 지르기 전에, 그레텔은 단호하게 헨젤을 일으켰다. 그의 몸에 얇은 핏줄들이 마치 덩굴처럼 이리저리 휘감겨 있었다. 손에 엉키는 핏줄들을 바닥에 털어내며, 그레텔은 헨젤을 끌고 방 밖으로 걸음을 옮겼다.

현관을 향해 걷는 그들을 따라, 바닥에서 사람들이 하나둘 솟아올랐다. 피 웅덩이 속에서 올라온 그들은 끊어진 몸으로 기어 오며 중얼거렸다. 내 보증금, 어떻게 해, 내 돈 돌려내. 여기도 곰팡이, 저기도 곰팡이, 집 안이 온통 곰팡이투성이, 내가 어리다고 만만하게 본 거지, 어리다고, 세상 물정 모른다고 이딴 집을, 수직 증축이래, 평당 6천5백만 원이라던가, 리모델링은 무조건 서른 가구 아래로, 스물아홉 채로, 스물아홉 채로, 평생소원이 내 집 마련이었는데, 언제쯤, 그놈의 한강 뷰, 언제쯤.

발바닥에 핏물이 달라붙었다. 진흙탕 위를 걷는
것처럼 걸음이 자꾸만 느려졌다. 분명 눈앞에 현관
문이 보이는데, 도무지 가까워지질 않았다. 그레텔
은 휘청이는 헨젤을 부축하며 한 걸음, 한 걸음을
차분하게 내디뎠다.

"가시려고요?"

더없이 친절한 목소리가 남매를 붙잡는다.

그레텔은 어느새 계단을 내려와, 기어 다니는 핏
덩이들을 반려견처럼 어루만지는 집주인과 시선을
마주쳤다. 그는 끊이지 않고 벽을 타고 흐르는 핏물
도, 피 웅덩이 속에서 자꾸만 튀어나오는 인간들도,
남매의 머릿속을 장악한 중얼거림도 심각하게 생
각하지 않는 듯했다. 대답하려는데 목소리가 나오
지 않았다. 대신 그레텔은 또 다른 종이 하나를 토
해냈다. 시위에 사용된 듯한 빳빳한 종이 위에 적힌

글씨. '집주인도 국민이다' 그레텔은 속으로 중얼거렸다. 이 미친 집에서 어떻게 살아.

"괜찮아요, 누군가 나가면 또 다른 세입자가 들어오기 마련이니까요."

그레텔은 또 다른 종이를 토해낸다. '돌아온 건 세금 폭탄' 종이에 새겨진 글자를 보면서 속으로 중얼거린다. 우리 같이 멍청하고, 순진한 사람들은 더 없을 텐데.

"간절한 사람들은 어디든 있죠."

문고리를 향해 손을 뻗다 말고, 그레텔과 헨젤은 걸음을 멈췄다.

"우린 항상 여기 있을 거예요."

그러니, 언제든지 환영해요. 더할 나위 없이 친절하고 다정한 그 말을 마지막으로, 그레텔은 문고리를 붙잡았다. 둥근 눈알은 이번에도 힘없이 쑥 빠져 바닥을 데굴데굴 굴렀다. 아직도 비틀거리는 헨젤을 대신해 그레텔은 현관문을 발로 차 열었다. 정원의 끝에, 안개가 자욱한 골목길 앞에 두 개의 캐리어와 백팩 하나가 그들을 기다리고 있었다. 등 뒤에서 문이 닫혔다. 피비린내는 언제 그랬냐는 듯 모조리 사라지고, 생크림과 쿠키와 각종 과일의 달콤한 향기가 코끝에 맴돌았다.

"태워버려야 해."

운동화 바닥에 가득한 핏자국과 그 위에 달라붙은 초콜릿 가루를 털어내며, 그레텔은 3개월 하고도 13일 동안 그들의 홈 스위트 홈이었던 과자집을 바라본다. 주머니에 손을 집어넣어 라이터를 꺼내 들었다. 작은 불씨 하나로 달콤하고 비릿한 집을 없애버릴 수 있을진 모르겠지만, 누군가는 해야 할 일이었다.

달칵, 라이터를 켠 그레텔의 손을 헨젤이 잡아 눌렀다. 남매가 허공에서 시선을 나누었다.

왜? 그레텔이 물었고, 헨젤은 머뭇거리다 답했다. 다시 돌아오게 될 수도 있잖아.

한참의 침묵이 흐르고, 그레텔은 라이터를 꺼 주머니에 넣었다. 비틀거리며 걷던 남매는 익숙하게 캐리어를 하나씩 잡았고 백팩을 들었다. 짙은 안개로 가득한 골목길 안으로 몸을 집어넣으면서 남매는, 그들이 다시는 간절해지지 않기를, 간절히 바랐다.

미로가 아닌, 평범하고 반듯한 길이 이어졌다. 안개를 뚫고 나오자마자 그레텔은 핸드폰을 확인했다. 3개월 하고도 13일 전의 날짜였다. 골목길 구석에 슈크림 붕어빵 두 봉지가 달빛을 받으며 그들을 기다리고 있었다.

쓰는 내내 달콤하지만 잔인한 과자집을
마음껏 상상하고 묘사할 수 있어서 즐거웠다.
김헨젤이고 또 김그레텔인 내가
또 다른 헨젤과 그레텔에게 줄 수 있는 건
슈크림 붕어빵 정도의 위로일 거다.
이 간절함에서 완전히 벗어날 수는 없겠지만,
그래도 우리 모두에게 늘어지게
낮잠을 잘 수 있는 안온한 공간이 허락되기를
조심스레 바란다.

아랑은
참참참

김유담

김유담
소설집 《탬버린》, 《돌보는 마음》,
장편소설 《이완의 자세》, 《커튼콜은 사양할게요》 등을 썼다.

§

"싫은데요. 저 그런 데 나가기 싫어요, 선생님."

나는 담임 앞에서 고개를 떨군 채 말했다.

"다시 생각해봐. 이게 다 수아 널 위해서 하는 말이다. 내가 많이 생각해서 하는 말이니 너도 생각이란 걸 좀 해."

언제는 생각하지 말라더니, 생각하지 말고 공부만 하라더니. 고3은 아무 생각 없이 공부만 하는 기계라고 하지 않았나. 담임의 말을 들으면서 나는 티나지 않게 입을 삐죽였다.

"입 모양 이상하게 하지 말고!"

담임이 매섭게 노려보자 움찔하며 입술을 입안

으로 말아 넣었고, 결과적으로 입 모양은 더 이상해졌다.

교무실을 나오자마자 담임이 준 안내문을 버리려다가 작게 접어 교복 치마 주머니에 넣었다. 오른쪽 골반 부위가 불룩해졌다. 치마가 너무 작나, 확실히 고3이 된 후로 좀 찌긴 했다.

희연 언니가 졸업하면서 물려준 교복 치마였다. 전교에서 예쁘고 늘씬하기로 소문난 언니의 치마를 물려받았다는 것만으로도 괜히 우쭐해졌다. 언니랑 밀양 시내에 나가면 사람들의 이목이 모였다.

언니는 교복을 물려주며 내년에 꼭 같은 대학에서 만나자고 말했다. 언니는 전국에서 승무원 취업률이 가장 높은 전문대학의 항공운항과에 합격했다. 언니는 제복을 입고 환하게 웃고 있는 사진을 카카오톡 프로필에 띄워놓았다. 희연 언니와 같은 제복을 입고 함께 캠퍼스를 누비는 게 꿈이라고 학기초 진학 상담 시간에 말했을 때 담임은 코웃음을 쳤다.

"꿈이 크네, 거긴 웬만한 4년제보다 더 높아."

성적 올릴 자신이 없으면 그냥 꿈을 성적에 맞추라고 독설을 해대던 담임이 이제 와 꿈을 포기하지 말라며, 방법을 찾아보자고 힘주어 말하는 게 영 낯설어 보였다. 담임이 기껏 찾은 방법이라는 게 미인 대회라니, 그것도 '아랑 규수 선발 대회'. 일단 대회 이름만으로도 너무 구렸다. 영남루에서 한복 입고 절하는 대회에 나가 입상한다고 항공운항과 수시 모집에 무슨 도움이 되겠냐고, 어차피 교외 대회는 생활기록부에 쓰지도 못하고 스펙으로 인정받지도 못하는 거 아니냐고 나는 고개를 절레절레 흔들며 말했다.

"물론 수시모집 원서에 수상 실적을 쓸 수는 없지만, 특산물 홍보 대사 같은 봉사활동 기록은 쓸 수 있잖아. 아랑 규수들만 참여하는 봉사활동 기록이라는 점을 면접에서 강조하면 좋은 스펙으로 인정이 될 거야. 스토리는 만들기 나름이라고, 내가 고3 진학 지도만 몇 년인데 기가 막히게 스토리를 만들어줄 테니 너는 입상만 하고 와. 스토리는 내가 만들어준다. 스토리텔링의 시대 아니겠냐? 입시도 점수보다는 스토리가 있으면 먹힌다고."

말이 좋아 스토리텔링이지 사연 팔이 아닌가, 성적이 안 되니까 사연 팔이라도 해서 스펙을 만들어야 하는 내 처지가 퍽 처량하게 느껴졌다.

"밀양을 대표하는, 그러니까 밀양의 얼굴이 되는 영광스러운 기회라니까."

담임이 진지하게 설득할수록 민망하고 부끄러운 마음이 들었다. 별 볼 일 없는 밀양이라는 소도시에서 아랑 스토리를 주야장천 홍보하는 것도 비슷한 맥락이겠지. 이런 촌구석에 아랑 아씨라도 없었으면 어쩔 뻔했어. 그나마 1년에 한 번 하는 지역 축제도 못 여는 불상사가 발생하지 않았을까. 아랑 아씨의 혼령을 위로하기 위해 시작된 아랑제가 밀양아리랑축제로 이름이 바뀌어 60년이 넘는 세월 동안 지속되는 중이었다. 여느 밀양 아이들처럼 나도 매년 5월 초에 열리는 축제 기간이 되면 괜히 들뜨

곤 했다. 밀양강 다리 위에서 올려다보는 불꽃놀이와 야시장 나들이를 특히 좋아했다. 그러니까 딱 그만큼, 객으로 적당히 즐기는 게 좋았다. 한복을 입고 어깨띠를 두른 채로 지역 특산물을 홍보하며 억지웃음을 짓는 아랑 규수라니, 두고두고 비웃음거리가 될 게 뻔했다. 굳이 자처해서 흑역사를 추가할 건 없지 않나.

고주연은 벌써부터 비웃기 시작했다. 그러면서도 나를 부추겼다.

"나간다고 무조건 뽑히는 것도 아니잖아. 대회 출전도 하기 전에 아랑 규수 활동하기 쪽팔린다고 걱정이냐? 그것도 얼마나 경쟁 치열한데! 나가봐. 백수아, 너 한복 입고 얌전 떠는 거 진짜 볼만할 거 같아."

나는 고주연을 흘겨보았다.

"농담 아냐, 요즘 시대에 미인 대회라니 오히려 신박하다. 담임 말대로 대학 원서 쓸 때도 유리할 거 같아. 이왕이면 진眞 돼야지. 올해의 아랑 규수 진, 밀양여고 백수아!"

199

고주연은 내 얼굴이 굳어가는 것도 상관하지 않은 채 계속 신이 나서 떠들어댔다. 상대방이 뭐라고 하거나 말거나 고주연은 늘 제가 하고 싶은 말을 아무렇지 않게 하곤 했다.

고주연과는 중학교 1학년 때 같은 반이었고, 내 옆자리에 앉은 짝이었다. 그때의 고주연은 나를 김수아라고 불렀다. 고주연은 반 아이들을 부를 때 항상 성을 붙였다. 친하든 친하지 않든 똑같이 불렀다. 성을 붙여서 부르면 거리감이 느껴진다고, 서로 이름을 불러야 친한 친구라는 느낌이 드는 거라고 누군가 말했을 때 고주연은 담담한 목소리로 말했다.

"난 그게 좋아. 거리감이 느껴지는 관계."

중학교에 입학한 첫 학기에 나는 옆자리에 앉은 고주연과 뒷자리에 앉은 최서연, 강주희와 친하게 지냈다. 석 달 뒤 자리 배치가 바뀌면서 그들과 가까이 앉지 않게 되었어도 여전히 친했다. 그러다가 여름방학이 지난 후부터 나만 무리에서 떨어져 나와 혼자가 됐다. 내가 자처한 일이었다. 여름방학이 지나 개학한 뒤로 교실에서 그 누구와도 말을 섞지 않았다. 열네 살 여름에서 가을로 넘어가는 사이, 나는 김수아에서 백수아가 됐다. 초등학교 5학년 때 부모님이 이혼했을 때만 해도 그렇게까지 상처받지는 않았다. 아빠는 원래부터 다른 도시에 살면서 엄마와는 주말부부로 지내고 있었고, 부부 사이가 좋지 않다는 건 아주 어려서부터 알고 있었으니까. 엄마가 새로운 사람과 연애를 시작하고, 재혼을 결정했을 때는 충격을 받기는 했지만 내가 반대할 명분은 없다고 생각했다. 하지만 김수아가 백수아가 되는 건 다른 문제였다. 울며불며 싫다고 해도, 엄마는 아랑곳하지 않았다. 지금 당장 거부감이들더라도 나중을 생각하면 이게 더 낫다고, 결혼할때 굳이 트집 잡히게 하고 싶지 않다며 내 의사와는상관없이 막무가내로 내 성姓을 바꿔치기해버렸다. 미래에 결혼을 할지 안 할지는 결정된 바가 없었고,당장 다음 날 학교 갈 일이 깜깜했다. 백수아라는이름표를 달고 다닐 자신이 없었다. 전학을 보내달라고, 이사를 가자고 악을 쓰면서 고집을 부렸지만 엄마는 자신이 평생 일군 가게가 밀양에 있는데 어딜 가느냐며 고개를 저었다. 그 후로 나는 1년 넘게 입을 닫아버렸다. 학교에서도 집에서도 그 누구와도 말을 섞지 않았다.

김수아에서 백수아가 된 나에게 아무도 이유를 묻지 않았다. 수아 미용실 사장의 재혼 소식은 이미 밀양 바닥에서 모르는 사람이 없었다. 선생들조차 모두 다 나의 가정사를 꿰고 있는 모양이었다. 각 과목 선생 중에서 누구도 나를 백수아라고 부르지 않았다. 수아야, 라고 필요 이상으로 다정하게 부르거나 출석을 불러 내려가다가 내 이름이 나오면 한 번 멈칫한 뒤 내 성을 슬쩍 묵음 처리하면서 불렀다. 출석부를 부를 때 나는 '흡-수아'이거나 '억-수아'였다.

고주연도 처음 한 달은 다른 아이들과 마찬가지로 내게 말을 걸지 않았다. 하지만 한 달이 지난 뒤로는 매일 아침 아무렇지 않게 다가와 내 어깨를 툭

치며 "백수아, 안녕?"이라고 말을 붙였다. 그럴 때면 나는 온몸이 뻣뻣하게 얼어붙은 채로 아무런 대꾸도 하지 못했다. 그러거나 말거나, 고주연은 하루도 거르지 않고 그것을 했다. 매일 아침, 나를 '백수아'라고 부르는 의식.

고주연의 의식은 해가 바뀌고 2학년이 되어도 계속됐다. 2학년이 되면서 나는 1반, 고주연은 7반으로 반이 갈렸지만, 고주연은 매일 아침 나를 보러와 '백수아'라고 부르며 몇 마디 재잘거리다가 갔다. 나는 2학년 2학기가 될 때까지도 고주연이 묻는 말에 아무런 대답을 하지 않고 모른 척했다. 하지만 시간이 지날수록 나는 점점 그 호칭에 익숙해지고 있었다. 김수아가 아닌 백수아, 라는 이름으로 불리는 것. 그런 마음을 품게 된 것에는 엄마와 재혼한 뒤 우리와 함께 살게 된 새아빠가 생각보다는 괜찮은 사람이었다는 이유도 있다.

고주연도 내 심정에 조금씩 변화가 생기고 있다는 걸 눈치챘는지 어느 날은 내게 장난을 치기까지

했다.

"백수아! 아니다 너 이름 석 자로 부르는 것도 너무 길고 지겨워. 어차피 대답도 안 하는데. 백수라고 줄여서 말하면 어떨까? 백수 좋다. 강주희도 애들이 강주라고 줄여서 말하잖아."

그 순간 나는 1년 넘게 그 어떤 말에도 반응하지 않았던 고주연에게 화를 내버렸다.

"내 이름은 수아야. 줄여서 말하지 마. 성 바뀐 것도 짜증 나 죽겠는데 이름까지 잘라먹어야겠어?"

고주연은 신이 나서 더 떠들어댔다.

"엇, 너 이제 나랑 말 튼 거다? 백수아, 이제 비련의 여주인공 행세 그만하고 예전의 너로 돌아와라. 아니면 앞으로는 계속 백수라고 부를 거야. 백수!"

"야, 고주연! 그만하라니까?"

나는 고주연을 노려보며 신경질을 냈다. 내 이름을 함부로 부르고 놀리는 것에도 화가 났지만, 이러다가 다른 아이들까지 덩달아 나를 백수라고 부르면 내 별명이 백수로 굳어질 것 같아서 더 발끈할 수밖에 없었다.

백수가 되는 것보다는 백수아로 불리는 게 나았다. 그나마 내 이름 수아는 지킬 수 있는 거니까. 고주연과 나는 다시 단짝이 됐다.

중학교를 졸업하고 고등학교에 입학한 후에도 나에 대한 소문이 계속 따라다닌다는 걸 알았다. 그럴 수밖에 없는 것이 엄마는 동네 소문의 진원지인 미용실 원장이었고, 재혼한 연하의 남편과 시내에서 보란 듯이 자주 데이트하며 금슬을 자랑했다. 보수적인 시골 동네에서 이를 두고 수군거리는 이들이 있다는 걸 나 또한 모르지 않았다. 하지만 그걸 대놓고 아는 체하거나 그에 대해 적극적으로 언급하는 것도 이상한 노릇이었다. 복잡한 내 가정사를 주변 사람은 거의 다 알았지만 그걸 대놓고 물어보거나 언급하는 이는 없었다. 고주연만이 유일하게 내가 마음을 터놓고 이야기하는 친구였다.

그동안 만난 담임들도 우리 집 사정에 대해 대놓고 이야기하는 것은 조심스러워하는 눈치였다. 혹시 새아빠와 생활하는 데 어떤 문제가 있는 건 아닌지 조심스럽게 살피며 도움이 필요하면 언제든지 이야기하라는 말을 하긴 했지만, 그 또한 두루뭉술하게 에둘러 말할 뿐이었다. 새아빠와의 관계는 무던한 편이었다. 엄마도, 새아빠도, 나도, 서로 바쁜 처지라서 각자 주어진 일에 충실하면 되는 분위기이기도 했다. 그럼에도 나는 어서 스무 살이 되어 다른 지역에 있는 대학으로 떠나고 싶었다.

고3 담임과의 진학 상담 시간에 되도록 밀양에서 멀리 대학을 가고 싶다고, 수도권에 있는 대학에 지원하고 싶다는 내 말에 담임은 아무래도 가정 형편상 그러는 게 좋을 거라고 덤덤하게 말했다. 상처가 될 법한 가정사 이야기를 아무렇지 않게 말하는 담임의 모습에 나는 적잖이 당황했다.

"새아빠가 아무리 잘해 줘도 같이 사는 건 불편하지? 엄마랑 새아빠 사이에서 방해하는 것 같고 말이야. 근데 성적이 돼야 수도권을 가지. 더군다나 항공운항과면 전문대 중에서 경쟁률이 아주 높은 편이라고."

"선생님, 그냥 성적 이야기만 하시죠. 가정사 이야기는 별로 안 하고 싶은데요."

내가 불쾌하다는 반응을 보이며 또박또박 말하는데도 담임은 아랑곳하지 않았다.

"가정사가 다 성적과 연결되고 진로 지도와 연결되는 거라서 모른 척할 수가 없네요. 너 재혼 가정 자녀라는 게 약점이 된다고 생각할 필요가 없어. 그것도 대입에서 다 스토리가 될 수 있는 거야. 한부모 가정에서 자라다가 재혼 가정이 되는 과정에서 받은 상처를 극복하고 하나의 성숙한 인격체가 되어가는 과정을 쫙 깔고 가면서, 그 과정에서 성적 향상까지 이뤄냈다면 감동적인 성장 스토리로 인정받을 수 있을 텐데……. 성적이 너무 고만고만하다. 지금부터라도 정신 차려서 고3 내신이라도 좀 더 올리고, 다른 스펙 쌓을 만한 거 찾아보자. 가정사로 받은 상처도 스펙이 될 수 있는 시대니까 그런 걸로 상처받고 괴로워할 필요도 없단다."

담임은 내 앞에서 재혼 가정 자녀라는 말을 거리낌 없이 하며, 냉철하고 사무적으로 진학 지도 방향을 제시했다. 고3 담임만 15년 했다더니 저 인간은 수단 방법 가리지 않고 애들 대학 보내는 데 미친 게 아닐까. 나는 담임이 정말 미친 인간처럼 보였고, 그래서인지 그의 말이 그렇게까지 기분이 나쁘거나 상처가 되지는 않았다.

고주연도 별다른 진학 지도 없이 수능 공부에 전념하라는 말만 하는 자기 담임보다는 우리 반 담임인 박광일이 훨씬 더 낫다며 부럽다는 말까지 했다.

"백수아, 너는 담임 잘 만난 거야. 내가 역사교육학과 지망이라서 수시 모집에 도움될 만한 소논문 좀 써볼까 한다고 했더니, 자긴 논문 지도 못 해주니까 그런 거 해주는 학원 찾아보라는 거야. 밀양에 그런 학원이 있기나 하냐? 우리 담임은 정시가 공정하다면서 수능 공부나 하래. 대도시나 강남 학군지에 있는 애들이랑 우리가 경쟁해서 걔네들보다 수능 점수 잘 받는 게 가당키나 하냐? 그게 뭐 공정하다고. 괜히 수시 대비해주려면 비교과랑 생기부 신경 써줘야 하는 거 귀찮아서 무조건 정시로 가라고 하는 거야. 그런데 너희 담임은 성적 안 되는 애들도 어떻게든 수시로 보내주려고 궁리하는 거잖아. 원서 쓸 때 도움되는 대회까지 찍어주면서 나가라고 하는 담임이 어딨냐? 완전 참스승이다, 참스승!"

"참스승은 무슨, 아랑 규수 선발 대회 그거, 시대착오적인 미인 대회라고 지역 언론에서도 떠들어 대는 거 못 봤냐? 그런 대회를 나더러 나가라니. 솔직히 내가 그렇게까지 미인도 아닌데, 미인 대회 나가는 거 스스로가 민망하기도 하고."

"백수아, 그런 걱정은 안 해도 돼. 너 밀양 영남루에 있는 아랑 영정 못 봤어? 그렇게까지 미인 아니던데."

고주연이 나를 장난스럽게 바라보며 히죽 웃었다.

"지금 생각난 건데, 백수아 너는 아랑 규수 대회에 나가고 나는 아랑 규수 관련된 소논문을 써보는 거야. 미스 춘향 출신들은 연예인도 되고 인플루언서 활동도 하던데, 우리 동네 미인 대회 출신은 나중에 뭐하고 사는지 궁금해진다. 미스 아랑 출신의 사회 진출, 소논문 주제 어때? 몇몇 선배 찾아서 인터뷰해 보면 재미있을 듯. 너 아랑 규수 출신 아는 사람 있어?"

"너희 담임이 소논문 쓰지 말라고 했다면서. 아랑 규수 출신 멀리서 찾을 것도 없지. 우리 집에 있잖아. 수아미용실 이영미 원장."

"대박! 왜 그 생각을 못했지? 맞다, 너희 어머니 아랑 규수 진이었지? 맞아, 예전에 미용실에 사진도 크게 걸려 있었지. 미용실 리모델링하기 전까지 사진 있던 거 기억나. 백수아, 이거야말로 대박 스토리잖아. 너 꼭 나가. 2대에 걸친 아랑 규수. 이걸로 지역 신문 인터뷰도 하면 이슈 될 거야. 설마 너희 담임 이것도 알고 있는 거냐? 완전 빅 픽처네."

"설마, 담임은 그거까진 모를 거야. 그리고 만약에 나간다고 해도 엄마 이야기를 어떻게 하냐? 수

절 못 한 아랑 규수라고 신문에 대문짝만 하게 날
일 있냐?"

"요즘 시대에 수절은 무슨. 이럴 때가 아니라 어
서 엄마한테 가서 말씀드려. 대회 준비하게. 어서
한복 맞춰야지."

고주연이 부추길수록 나는 더 내키지 않았다. 미
인도 아니면서, 아랑 규수처럼 참하지도 조신하지
도 않으면서 이런 대회에 나간다는 게 민망하기도
했거니와 가장 마음에 걸리는 건 엄마였다. 만약에
입상이라도 하게 되어서 엄마가 아랑 규수 출신이
라는 사실까지 알려지면 괜한 입방아에 오르게 될
것 같았다. 고주연은 사람들에게 이슈가 되려고 대
회에 나가는 거라며 그게 더 좋은 일이라고 신나게
떠들어댔지만, 고주연처럼 평범하고 무난한 가정
에서 자란 사람은 이런 내 심정을 이해하기 어려울
것이다.

그래도 대학은 가야지. 입상만 해오면 선생님이 스토

리는 만들어준다.

대회 신청 마감 하루 전 담임은 내게 따로 문자메시지를 보내왔다. 종례 후 교무실에 들르라는 담임의 말을 무시하고 그냥 가방을 싸서 나와버렸다. 밀양 시내를 혼자 터덜터덜 걸어 다니다가 엄마의 미용실 앞에 다다랐다.

손님이 있으면 그냥 나오려고 했는데 마침 엄마는 혼자서 가게를 지키며 잡지를 보고 있었다.

엄마는 나를 보자마자 대뜸 물었다.

"돈 떨어졌냐? 오늘은 자습 안 해?"

"자율학습이야. 의무는 아니야."

"고3이 공부가 의무지."

"나 공부 못해서 성적으로는 대학 못 간대. 담임이."

"못 가면 어쩔 수 없지. 그럼 더 늦기 전에 기술 배워. 미용도 몸이 고달파서 그렇지 나쁘지 않아."

"엄마, 엄마는 아랑 규수 부심있어?"

"부심?"

"자부심, 요즘 부심이라고 줄여서 말해."

"별걸 다 줄이네. 당연하지! 내가 그래도 미스 아랑 진 출신이라는 자부심이 있고 또 우리 미용실에서 아랑 규수 여럿 배출했다는 프라이드도 있지. 내가 댕기머리 기가 막히게 잘 땋잖니. 그건 왜 물어봐? 누가 아랑 규수 대회 나간대?"

"담임이 나더러 나가보래."

그 순간 엄마가 크게 웃음을 터뜨렸다. 그러더니 나를 찬찬히 살펴보며 말했다.

"음, 미모가 나에 비해 부족하긴 하지만 너는 나보다 길쭉길쭉하니 몸매가 좋으니까 옷빨과 머리로 승부해보는 것도 나쁘지 않겠군. 모녀가 2대째 아랑 규수 되면, 미용실 홍보도 되겠다."

"엄마도 스토리가 필요해? 요즘 사람들은 진실에는 관심이 없고, 먹히는 스토리에만 관심이 집중된대."

"음, 글쎄. 내가 아랑 규수 출신으로서 말하자면 아랑 전설은 전설이 아니라 진실이야. 그거 역사적 기록도 있다니까. 난 내가 아랑 규수 진이라는 자부심 있어. 그게 요즘 말로 부심 이라고? 우리 딸이 그런 부심 가질 수 있다면 나는 찬성!"

엄마는 콧노래를 부르면서까지 좋아했다. 나는 엄마가 너무 속없이 구는 것 같아서 조금 속이 상했다. 나는 결국 담아둔 속내를 볼멘소리로 내뱉어버렸다.

"엄마, 근데 아랑은 정절의 상징 아냐? 결혼 두 번이나 한 엄마가 아랑 규수 출신이라고 너무 대놓고 자랑하는 것도 이상해 보여."

말이 심했나 싶었지만, 엄마는 당황하거나 상처받은 기색 없이 크게 웃어버렸다.

"수아야, 실은 내가 아랑한테 제일 이해 안 가는 게 그거긴 해. 그깟 몸뚱어리 뭐라고 목숨보다 귀한 건가 싶은데, 생각해보니까 나도 아랑이랑 닮았더라고. 싫은 남자랑은 죽어도 하기 싫어. 죽으면 죽었지 내가 하기 싫은 사람이랑은 안 하는 게 아랑 정신이다, 나는 그렇게 생각해."

그때였다. 종소리가 울리면서 문이 열렸고, 손님

215

이 들어왔다. 엄마는 환하게 웃으며 자리에서 일어나 손님을 맞았다. 엄마는 장난스러운 얼굴로 콧소리를 섞어 말했다.

"어서 오세요, 저는 미스 아랑 진 출신 이영미 원장입니다. 어떤 시술을 원하시나요?"

과거의 나는 죽음을 '선택'하는

사람들의 이야기에 매혹됐다.

하지만 이제는 누구도 쉽게 죽지 않았으면 좋겠다.

빛을 가져오는 사람

강성은

강성은
시집 《구두를 신고 잠이 들었다》, 《단지 조금 이상한》,
《Lo-fi》, 《별일 없습니다 이따금 눈이 내리고요》,
장편소설 《나의 잠과는 무관하게》 등을 썼다.

§

곧 해가 질 것이다. 산속에서 길을 잃으면 해가
지는 방향을 보고 길을 찾아야 한다. 한참 헤매던
남자는 그렇게 마음먹고 자리에 주저앉았다. 버섯
을 따러 왔던 남자는 오늘따라 크고 아름다운 버섯
을 여러 개 발견했고 평소보다 더 깊은 산속으로 발
을 들였다. 하지만 길을 잃었다고는 생각하지 못했
다. 한참을 내려온 것 같았는데 가도 가도 온통 무
성한 숲이었다. 남자가 자리에 앉은 지 얼마 되지
않아 해의 방향을 읽기도 전에 붉은빛은 어둠으로
순식간에 변해버렸다. 앞이 보이지 않는 캄캄한 어
둠 속에서 남자는 주위를 더듬어 나무 밑동에 기대

앉았다. 허기가 몰려와 버섯을 꺼내 먹었다. 산에서 곰이나 늑대에게 물려 죽었다는 사람들 얘기가 떠올랐다. 먼 곳에서 간혹 새소리인지 짐승 소리인지 알 수 없는 소리도 들렸다. 깜박 잠이 들었다 깬 그는 어둠 속에서 불빛을 보았다. 눈을 비비며 몇 번이고 다시 보았는데 불빛은 사라지지 않고 그 자리에 있었다. 남자는 홀린 듯 빛이 있는 곳으로 걸음을 옮겼다. 불은 사라질 듯 위태롭게 흔들리다 꺼졌다 다시 살아나곤 했다. 아주 가까이 있는 것처럼 생생하게 보이다가도 닿지 못할 만큼 멀게 느껴졌다. 그가 발을 헛디뎌 쓰러지면 마치 그를 기다리기라도 하는 듯 정지해 있다가 다시 일어서면 불은 재빨리 먼 곳에 가 있었다. 그는 말로만 듣던 도깨비불인가 보다 생각했지만 허겁지겁 빛을 따라 걸었다. 얼마나 걸었을까. 주위가 어슴푸레해지더니 멀리 마을이 보이기 시작했다. 그는 드디어 안도의 숨을 내쉬고 빛이 있던 곳을 돌아보았다.

불은 온데간데없고 나무 사이로 사라지는 작은

여자아이의 뒷모습이 보였다. 그는 무어라 말을 하려고 했는데 입 밖으로 나오지 않았다. 온몸이 오싹해진 그는 버섯이 든 바구니도 던지고 산비탈을 구르다시피 하며 줄행랑을 쳤다. 마을로 돌아온 그가 사람들에게 산에서 본 도깨비불과 소녀에 대해 말했지만 아무도 믿어주지 않았다. 마을 사람들은 그가 헛것을 본 모양이라 생각하는지 심드렁했다. 다음 날부터 남자는 시장과 교회와 술집과 목욕탕과 방앗간과 농장과 광장, 사람들이 모여 있는 곳이라면 어디서든 말했다. 도깨비불에 홀렸고, 소녀의 모습으로 나타난 천사가 그의 목숨을 구해주었다고. 사람들은 반은 믿고 반은 믿지 않았지만 재미난 이야기라면 누구나 좋아했기에 이야기는 계속해서 퍼져 나갔다.

여자는 꿈속에서 소녀를 본 적이 있다고 했다. 소녀가 자기가 가진 모든 성냥에 불을 붙이자 불길이 점점 커지더니 도시를 집어삼켰다. 도시가 다 타버리고 모두가 죽었다. 꿈속에서도 유황 냄새가 지독해 코를 막았다고 했다. 꿈에서 깨고 나서도 유황 냄새가 사라지지 않는다고 했다.

노파는 의사가 사망 선고를 내린 지 10분 후에 깨어났다. 죽음의 순간에 사랑스러운 소녀의 모습을 한 천사가 나타나 이쪽이 아니라 저쪽이라고 길을 일러주었다고 했다. 천사가 가르쳐준 길로 부지런히 걸었더니 다시 살아났다고. 소문으로 들었던 그 천사가 분명하다고 주장했다.

죽은 딸의 묘지에 엎드려 울다 잠들었던 어머니는 문득 눈을 떴더니 한 군인 서 있었다. 그는 전쟁에 나갔다가 막 고향으로 돌아왔는데 집은 온데간데없고 집이 있던 자리에 묘지들이 들어서 있다며 망연자실한 눈빛이었다. 여자는 많은 집이 사라졌고 많은 사람이 죽었다고 말해주었다. 어머니는 먼 길을 걸어온 군인을 집으로 데려와 따뜻한 밥을 먹였다. 지치고 힘들었던 군인은 기운이 났는지 가야 할 데가 있다고 말했다. 떠나기 전 군인은 호주머니에서 부싯돌을 꺼내 여자에게 주었다. 이 부싯돌을 켜면 딸의 모습을 볼 수 있을 것이라고. 불 속에는 천국이 들어 있다고 했다. 딸이 있는 곳이라면 그곳이 곧 천국이지요. 어머니는 울며 받았다. 그리고 그날 밤 부싯돌을 켜보았다. 과연 그곳에는 딸의 얼굴이 있었다. 어머니가 기억하는 가장 행복한 소녀의 얼굴로 생글생글 웃고 있었다. 어머니는 밤마다 딸과 함께였고 이웃들에게 친구들에게 딸의 얼굴을 보여주었다. 그러나 딸의 얼굴은 어머니에게만 보일 뿐이었다. 이웃들은 여자가 죽은 딸을 그리워하다 미쳐버린 게 아니냐고 수군거리면서 또한 애처롭게 여기기도 했다. 전쟁이 끝난 지가 언젠데 이제야 군인이 고향으로 돌아오느냐고 그 군인이야말로 유령이 아니냐고 했다. 한편 누군가는 밤마다 부싯돌을 켜보았고 누군가는 천국을 만나기도 했다.

　소문이 퍼지자 사람들은 기이해하는 동시에 두

려워했다. 그것은 유령일지도 모른다고 했다. 또 그
것은 천사일지도 악마일지도 모른다고 했다. 사람
들을 홀리게 만들어 언젠가는 족쇄를 채우고 지옥
으로 끌고 갈지도 모른다고 했다. 어둠을 두려워하
는 사람들은 더 열심히 기도했고 천국을 만나고 싶
은 사람들도 더 열심히 기도했다. 어둠 속에서 소녀
를 만나게 해달라고 기도하거나 어둠 속에서 소녀
를 만나게 될까 봐 전전긍긍했다. 떠도는 이야기 중
어디서부터 사실이고 어디까지가 거짓인지 아무도
알 수 없었다.

어쩌면 그 아이는 천사가 되었을지도 몰라.
청소부는 생각했다.
죽은 아이를 처음 발견한 사람은 새벽의 청소부
였다. 타버린 성냥 다발을 쥔 평온한 얼굴의 소녀가
길모퉁이 벽에 기대 있는 걸 보았다. 그가 손을 뻗
어 소녀를 깨우려 했을 때 소녀의 몸은 이미 얼음장
처럼 차가웠다. 신발은 어디로 달아났는지 꽁꽁 언

맨발이 드러나 있었다. 길거리에서 시체를 발견하는 게 아주 드문 일은 아니었다. 길 위에는 온갖 죽은 것들이 있었다. 죽은 개나 고양이, 새와 쥐가, 전쟁과 사고와 재해로 죽은 사람들이 있었다. 겨울이면 가난한 자들과 집이 없는 자들과 먹을 것이 없는 자들이 모두 길 위에서 죽어갔다. 그 어느 것도 놀랄 만한 일은 아니었다. 보이지 않는 어둠 속에서 죽음은 잠시 은폐되어 있다가 해가 뜨면 드러나곤했다. 청소부는 언젠가 자신도 길 위에서 죽을지도 모른다고 생각했다. 청소부는 얼음이 된 아이에게 담요를 덮어주었다.

어쩌면 그 아이는 천사가 되었을지도 몰라.

청소부는 다시 중얼거리며 빗자루로 눈을 쓸며 나아갔다.

길 위에는 더 많은 아이가 쏟아져 나와 눈 내리는 거리를 헤매고 있었다. 행복한 사람들은 따뜻한 집 안에서 창밖으로 내리는 눈을 바라보았다. 흰 눈은 멀리서 보면 아름답고 가까이서 보면 혹독했다.

어쩌면 그 아이가 유령이 되었을지도 몰라.

성냥 공장 관리인은 생각했다.

산업혁명이 일어난 후 수많은 공장이 생겨났고 아이들은 어른들의 반의반도 안 되는 임금을 받고 하루에 열두 시간 넘게 일했다. 성냥 공장에는 수많은 아이가 일하고 있었다. 작은 나무 막대기 끝에 인을 묻혀야 했기에 작은 손을 가진 아이들을 채용했다. 때문에 공장의 아이들은 인에 중독되어 얼굴이 검어지고 탈모가 생기고 이가 노랗게 변하고 턱이 괴사되는 병이 생겨 죽음에 이르는 경우도 많았다. 공장 관리인은 아이들의 얼굴만 보고도 병에 걸린 것을 알아냈다. 그리고 병에 걸린 아이들을 공장에서 쫓아냈다. 공장 관리인은 아이들을 해고하며 성냥을 한 보따리씩 주었다. 죽은 소녀도 그중 하나였다. 사실 공장에 다니는 아이들 대부분은 돌아갈 집이 없거나 집이 있어도 보호해줄 어른들이 없었다. 차가운 거리에서 아이들은 공장을 나오며 받은 성냥을 팔았다. 그 아이가 길바닥에서 얼어 죽은 채 발견된 것은 작년 이맘때였다. 공장에서 해고된 지 일주일도 지나지 않은 성탄절 무렵이었다.

어쩌면 그 아이가 유령이 되었을지도 몰라.

공장 관리인은 다시 중얼거리며 성호를 그었다.

병든 것처럼 안색이 어둡던 그 아이가 천사가 되었다고는 믿을 수 없고 악마가 되었다고는 상상하기도 싫었다.

어느 날 밤 성냥 공장 관리인이 모두가 퇴근하고 난 텅 빈 공장의 불을 끄고 나왔을 때 건물 안 어딘가 환하게 밝혀져 있는 것을 보았다. 다시 안으로 들어가 불이 켜진 방의 스위치를 내리자 다시 건너편 방의 불이 켜졌다. 불을 끄고 나면 어딘가에서 다시 불이 켜져 있었다. 복도를 돌아다니며 내내 불을 끄다가 그는 갑자기 두려움에 사로잡혔다.

여기 유령이 있구나.

오싹해진 관리인이 밖으로 나가려 서둘러 문을 열었지만, 문은 다른 방에서 다른 방으로 복도에서 복도로 끝없이 이어졌다. 그는 갇힌 것처럼 공장 안을 맴돌고 있었다. 공장 안은 고요했고 성냥 다발이 산처럼 쌓여 있었다. 문득 그의 눈에 성냥 머리가 달린 아주 작은 나뭇개비들이 마치 어린아이의 모습처럼 보였다. 그가 본 적 있는 수많은 아이의 얼굴. 그는 뒷걸음쳤지만, 그의 뒤에도 아니, 그가 발을 딛는 곳 어디나 온통 성냥 다발이었다.

아니야, 내가 아니야.

그는 허공에 두 손을 휘저으며 넘어졌다.

성냥 다발은 수천, 수만 아이의 성난 모습으로 공장관리인에게 달려들었다. 공장에 불길이 치솟았다. 화약이 폭발하듯 연쇄적으로 불이 번졌다. 성탄절을 축하하는 불꽃놀이라도 하는 듯 도시의 밤하늘을 아름답게 수놓았다. 멀리서도 사람들은 불꽃놀이를 보려고 높은 곳으로 올라갔다. 화려한 불꽃은 나날이 발전해가는 도시를 상징하는 것처럼 거침없이 검은 공중을 부수고 산산이 조각내는 듯했다. 사람들은 환호와 박수를 보냈다. 성난 불은 꺼지지 않았다. 거대한 검은 연기가 도시의 공중을 뒤덮었다.

사람들이 불꽃놀이를 즐기고 있을 때, 크리스마스 저녁을 보내고 있을 때, 사랑하는 이들과 따뜻한 음식을 나누고 있을 때, 집으로 돌아가고 있을 때, 설거지하고 있을 때, 사랑하는 이의 얼굴을 만지고 있을 때, 기도하고 있을 때, 그리운 이를 그리워하고 있을 때…… 그중 누군가 울고 있을 때, 또 누군가는 죽어가고 있을 때,

갑자기 도시의 모든 불이 꺼졌다.

도시가 정전으로 어둠에 휩싸이게 된 것이다.

사람들은 어둠 속을 더듬어 성냥을 찾았지만 어쩐 일인지 성냥은 눅눅해져서 불이 붙지 않았다. 부엌의 찬장과 옷장 서랍, 다락, 옷에 달린 호주머니까지 뒤졌지만, 여분의 성냥은 남아 있지 않았다. 창밖은 세상이 생겨나기 전처럼 암흑으로 둘러쌓였다. 누군가 정전이라고 외쳤고 현관문과 창문이

열렸다 닫히는 소리와 발소리가 나기도 했지만 이내 고요해졌다. 추위와 어둠 속에 남겨진 사람들이 정전이라는 것을 알고는 차가운 이불 속으로 들어가 잠을 청했다. 아침이 오면 모든 것이 원래대로 회복될 것이라 믿었다.

그러나 밤은 끝나지 않았다. 잠이 오지 않는 사람은 어둠 속에서 눈을 뜨고 양을 세고 성을 쌓았다. 잠들었던 사람은 한숨 자고 일어나 커튼을 열었다 창밖의 캄캄한 어둠을 보고는 눈을 비비며 다시 침대로 들어갔다. 시계를 찾을 수도 없고 시계를 찾아도 몇 시인지 알 수 없었다. 시간도 어둠도 정지해 있었다. 집 안에 고여 있는 어둠은 사람들의 몸속으로도 흘러 들어갔다. 해가 뜨지 않은 지 아주 오랜 시간이 흐른 것 같았다. 사람들은 자신의 눈이 멀어버린 것은 아닌지 의심스러웠다. 아들은 어머니를 아내는 남편을 아이들은 조부모의 얼굴을 만져보았다. 얼굴을 만져보고 손을 잡고 껴안았지만 마음속의 두려움은 가시지 않았다. 집 밖으로 나가지도 못했다. 어둠은 점점 더 짙고 두꺼운 몸체를 가진 괴물이 되어갔다.

어쩌면 그 아이는 악마였을지도 몰라.

그때 사람들은 생각했다.

산에서 길 잃은 남자를 홀렸던 도깨비불, 죽은 노인을 살리는 요망한 마녀, 도시를 집어삼켜 잿더미로 만드는 거짓 예언, 착한 사람들을 꾀어내는 전쟁터의 유령과 거울 속의 악마…… 무수한 소문과 이야기 속에서 유령인지 천사인지 악마인지 모르겠다던 그 소녀를 떠올렸다.

어쩌면 그 아이는 도시의 어둠과 몰락을 가져올 끔찍한 악마였나 보다.

사람들은 어둠 속에서 중얼거리며 성호를 그었다.

아이의 얼굴과 몸짓과 태생과 사연과 삶과 운명은 어둠 속에서 점점 더 살을 불려나갔다. 사람들은 끊임없이 아이에 대해 생각하고 말하고 저주하고 울며 두려움에 떨었다. 도시는 누군가 만든 깨끗

하고 단정한 장난감 마을처럼 상자 속에 갇혀 있었다. 집집마다 사람들이 숨어 있으리라고는 상상하기 힘든 마을이었다.

모두가 잠든 깊은 밤 한 소년이 눈을 떴을 때 빛을 보았다. 부모를 깨우려고 외마디 소리를 질렀지만, 부모는 깊은 잠에 빠져 소년의 소리를 듣지 못했다. 소년은 희미하게 타오르는 불을 보았는데 불은 가볍게 깡충깡충 뛰고 있어서 춤을 추는 것처럼 보였다. 소년이 가까이 다가가자 불은 현관문 밖으로 가볍게 날아갔다. 네버랜드의 팅커벨처럼 작고 귀여운 불이었다. 소년은 집 밖으로 불을 따라가려다 뒤돌아보았다. 잠든 부모를 깨워 함께 나가고 싶었다. 망설이는 사이 불은 벌써 저만치 길 건너편으로 날아가 사라져갔다. 소년은 현관문 밖으로 나서지 못했다. 잠든 부모를 깨워 불에 대해 말해주었다.

절대 따라가서는 안 돼.

어머니는 울부짖었고 아버지는 소년을 끌어안았다.

불은 어디서 왔나요?

소년은 물었다.

불은 그 아이야. 그 아이는 악마야.

소년은 어째서 불을 아이라고 하는지 그리고 악마라고 하는지 알 수 없었지만, 부모의 두려움과 공포를 보고는 입을 다물었다. 부모는 다시 불을 보더라도 절대 따라가선 안 된다고 신신당부했다.

소년은 그날부터 잠을 잘 이루지 못했다. 어둠 속에서 혼자 불을 기다렸다. 며칠 후 부모가 잠든 사이 창밖을 보다가 살그머니 현관문 밖으로 나가보았다. 밖은 고요하고 부드러운 바람이 불었다. 앞이 보이지 않아도 신선한 공기는 느껴졌다. 소년은 손과 발을 더듬으며 조금 더 걸어갔다. 소년은 너무 오래 집 안에 있었다. 바깥에 대한 호기심은 갈수록 커져 오늘은 꼭 걸을 수 있는 만큼 걸어가 보고 싶었다. 한참을 걸었을 때 어디선가 풀잎 스치는 소리, 바람에 무언가 펄럭이는 소리, 바스락거리는 소리가 들려왔고, 이윽고 작은 발소리가 점점 소년 가까이 다가오고 있었다. 벽을 잡고 모퉁이를 돌자 불빛이 있었다. 불은 작은 소녀의 손에 들려져 있었다. 소녀가 다가올 때 소년은 긴장해서 자신의 심장 소리가 들리는 것 같았다.

너 누구야?

소년이 떨리는 목소리로 물었다.

소녀는 소년의 앞으로 와 가방 속에서 초를 꺼내 들어 보였다.

이거 너에게 줄게.

소녀는 소년의 손에 초를 건네고 자신의 초로 불을 붙여주었다.

나는 여기 많아.

소녀는 어깨에 걸친 불룩한 가방을 보이며 말했다.

너 혹시 유령이나 악마니?

뭐라고? 하하하하하하!

소녀가 갑자기 큰 소리로 마구 웃는 바람에 촛불이 흔들렸다.

소년은 소녀의 얼굴을 자세히 보았다. 소녀는 유령도 악마도 아니었고 주근깨가 많은 소년의 사촌과 닮은 아이였다.

이상한 소리 그만하고 너도 이걸 사람들에게 나눠 주렴.

소녀는 가방에서 여러 자루의 초와 성냥을 꺼내 소년에게 주었다.

사람들이 왜 밖으로 나오지 않는지 모르겠어. 밖으로 나와야 이걸 나눠 줄 텐데.

소년은 사람들이 왜 밖으로 나오지 않는지 알았지만 소녀에게는 말하지 않았다.

건너편 골목에서 작은 발소리가 들렸다.

누가 오나 봐.

소녀는 눈을 동그랗게 뜨고 초를 꺼내 들었다.

함께 가지 않을래?

소년은 빨리 집으로 돌아가 부모에게 불을 보여 주고 싶었다.

난 어서 집으로 돌아가서 집 안에 불을 밝히고 싶어.

그래. 그럼, 조심해.

인사를 나누고 소녀는 어둠 속으로 뛰어갔다. 소년은 초와 성냥을 놓치지 않도록 단단히 들고 어둠을 밝히며 집을 찾아 걸었다.

촛불을 든 소년이 문을 열며 외쳤다.

여기 불이 있어요. 불을 가져 왔어요.

소년의 부모는 불을 보고 비명을 지르며 뒷걸음질쳤다.

소년은 가까이 다가가며 촛불로 부모의 얼굴을 비추었다. 그 얼굴은 소년이 기억하던 익숙한 얼굴이 아니었다. 두려움과 떨림과 공포와 유령의 얼굴이었다. 부모는 눈을 감고 빛을 피해 더 깊은 어둠 속으로 달아났다.

너는 내 아들이 아니야.

악마가 내 아이의 얼굴을 하고 불을 가져왔구나.

소년은 자신이 알던 모든 것이 어둠 속에 있었다는 사실에 눈물을 흘렸다. 그러는 사이 창밖이 서서

히 밝아오고 있었다. 이제 해가 뜨는 것일까, 소년
이 창밖을 보자 거리에는 수많은 아이가 불을 든 채
쏟아져 나오고 있었다.

* 1827년 존 워커가 발명한 최초의 성냥 이름은 '빛을 가져오는 사람'이라는 뜻의 루시
퍼였다.

처음에 내가 쓰려고 했던 것은

성냥팔이 소녀의 유령이었으나 실제로 쓰게 된 것은

선명하고 만질 수 있는 사람이었다.

추운 겨울 우리들의 거리에서

뜨거운 온기를 나눠주는

죽지 않는 사람.

바리는 로봇이다

안온 미니픽션 — 다시 태어나는 이야기들

ⓒ강성은·김미월·김유담·김현·박서련·배예람·오한기·조예은, 2022

초판 1쇄 발행 2022년 12월 19일

지은이 강성은·김미월·김유담·김현·박서련·배예람·오한기·조예은

펴낸곳 (주)안온북스 펴낸이 서효인·이정미 출판등록 2021년 1월 5일
제2021-000003호 주소 서울시 마포구 월드컵로14길 28 301호
전화 02-6941-1856(7) 홈페이지 www.anonbooks.net
인스타그램 @anonbooks_publishing
디자인 오혜진 제작 제이오

ISBN 979-11-92638-02-7 03810